Arena-Taschenbuch
Band 51055

W0461996

Weitere Bände dieser Reihe im Arena Verlag erschienen:

Zoe. Das Glück hat vier Hufe. Kopfüber ins Abenteuer

Zoe. Das Glück hat vier Hufe. Ritt in die Freiheit

Zoe. Das Glück hat vier Hufe. Gemeinsam über jedes Hindernis

Angela Waidmann, 1965 geboren, im Rheinland aufgewachsen, schreibt Geschichten, seit sie fünf Jahre alt ist. Nach ihrem Examen als Historikerin machte sie sich selbstständig und arbeitet u. a. als Journalistin. Die begeisterte Reiterin schreibt Pferdefachbücher und veröffentlichte zahlreiche Kinder- und Jugendbücher, darunter viele Pferderomane. Mit ihrem Mann und ihrem Sohn, dem Lusitano-Wallach Vingador und Katze Niki lebt sie in einem Dorf im Spessart.

Angela Waidmann

Zoe. Das Glück hat vier Hufe

Filmstars im Galopp

Arena

Für meinen Schwager „Hanni“ Georg Bonn,
Schauspieler

MIX
Papier aus verantwortungsvollen Quellen
FSC® C110508
FSC
www.fsc.org

1. Auflage im Arena-Taschenbuch 2018
© Arena Verlag GmbH, Würzburg 2016
Alle Rechte vorbehalten
Einbandgestaltung: formlabor, unter Verwendung von Motiven von
© www.slawik.com und Annette Shaff/shutterstock.com
Vignetten von mxtama/istockphoto.com
Umschlagtypografie: KCS GmbH · Verlagsservice &
Medienproduktion, Stelle/Hamburg
Gesamtherstellung: Westermann Druck Zwickau GmbH
ISSN 0518-4002
ISBN 978-3-401-51055-2

Besuche uns unter:
www.arena-verlag.de
www.twitter.com/arenaverlag
www.facebook.com/arenaverlagfans
www.arena-pferdebuecher.de

Kapitel 1

Irrtümer und andere Katastrophen

Mensch, Zoe, nun sitz doch endlich still!", knurrt Arpad genervt.

Ich werfe ihm einen ärgerlichen Blick zu und zupfe unruhig an meinem Sicherheitsgurt. Der hat vielleicht gut reden! Wie soll ich ausgerechnet jetzt stillsitzen, wo wir gerade unterwegs zum Casting sind? Zu meinem Casting, wohlgemerkt, durch das ich mit Glück eine Rolle als Statistin in dem Hollywood-Film „Das Erbe der Musketiere" ergattern kann! Arpad hat natürlich die Ruhe weg. Es steht ja auch schon seit zwei Tagen fest, dass er den Hauptdarsteller Travis Lauter doubeln wird. Ursprünglich sollte das zwar sein Vater machen, der schon seit vielen Jahren als Stuntman arbeitet, aber der liegt nach einem Verkehrsunfall noch im Krankenhaus. Und weil die Dreharbeiten in ein paar Tagen beginnen und das Filmteam auf die Schnelle keinen Ersatz gefunden hat, wird Arpad für seinen Vater einspringen, obwohl er erst 14 ist.

Aber bei mir steht noch alles auf dem Spiel. In genau dreiunddreißig Minuten werde ich mich der Casting-Direktorin vorstellen. Obwohl ich in dem Film kein Wort sprechen muss, will man mich genau kennenlernen, ebenso mein

Pony Filou, auf dem ich öfter durchs Bild reiten soll. Ich bin schrecklich aufgeregt. In der letzten Nacht hab ich kaum ein Auge zugetan und heute Morgen in der Schule konnte ich mich überhaupt nicht konzentrieren. Ein Glück, dass die Sommerferien vor der Tür stehen! Gleich nach Ferienbeginn werden die Dreharbeiten anfangen, und wenn ich jetzt überzeugen kann, werde ich dabei sein. Wer da von mir verlangt, ruhig zu bleiben, hat ja wohl den Verstand verloren!

Maja, Arpads Schwester, die zwischen uns auf der Rückbank des Autos sitzt, denkt wohl so ähnlich, denn sie gibt ihrem Bruder einen Rippenstoß.

Ich blicke zum x-ten Mal durch die Heckscheibe auf den Pferdeanhänger hinter uns. Wie mag sich mein alter Filou jetzt fühlen? Wenigstens hat er den Lipizzanerhengst Favory neben sich, ein ausgebildetes Stuntpferd. Er gehört Attila Erdelyi, Arpads und Majas Vater. Arpad und Favory sollen sich heute der Regisseurin vorstellen: Angelina Jones. Die ist anscheinend total berühmt. Trotzdem kann Arpad alles viel lockerer angehen als meine Wenigkeit, immerhin ist er schon fest engagiert. Ich dagegen …

Also, ich darf gar nicht darüber nachdenken.

Frau Sattler setzt den Blinker und fährt von der Autobahn ab. Sie ist die Besitzerin von Hof Buchental, wo die beiden Pferde untergebracht sind, und sie war so nett, uns heute zum Set zu bringen. Es geht ein Stück am Waldrand entlang… um eine Kurve… dann kann ich Burg Greifenstein sehen, wo ein Teil der Dreharbeiten stattfinden wird. Weithin sichtbar liegt die Burg mit den vielen Türmen und hohen Mauern auf einem Hügel über dem Tal.

Arpads Augen leuchten. „Das ist echt eine tolle Kulisse für einen Film.“

Ich nicke nur, denn vor lauter Aufregung schnürt sich mir derart die Kehle zu, dass ich keinen Ton herausbringe. Außerdem werde ich den Gedanken nicht los, dass ich vor der Kamera doch eigentlich immer total doof aussehe. Meine Freundinnen haben mich ja schon oft genug mit dem Handy gefilmt. Das hatte ich irgendwie ausgeblendet, als ich mich für das Casting beworben habe. Darum hoffe ich inständig, dass ich richtig geschminkt werde und ein Kostüm bekomme, bevor ich mich vorstelle. Oder dass ich jetzt noch gar nicht gefilmt werde. Wer weiß – vielleicht will die Casting-Direktorin mich ja nur persönlich kennenlernen?

Frau Sattler fährt ein paar Kilometer auf einer gewundenen Straße an einem Flüsschen entlang, dann biegt sie nach rechts ab. Der Jeep holpert auf einer schmalen, schlecht geflickten Asphaltstraße den Berg hinauf und prompt wird mir ein bisschen schlecht.

Jetzt sind wir schon fast oben. Aber Frau Sattler muss an den Straßenrand fahren und anhalten, weil ihr durch das halbrunde Burgtor ein Lastwagen entgegenkommt.

„Was hat denn der hier oben zu suchen?“, krächze ich.

„Wahrscheinlich hat er Kostüme hergebracht oder Requisiten oder Baumaterial. Die Burg wird ja gerade zu einer riesigen Filmkulisse umgebaut“, erklärt Maja.

Vorsichtig gibt Frau Sattler wieder Gas und wir rollen in den großen Innenhof, der von alten Gebäuden mit dicken Mauern umschlossen wird.

„Wo sollen wir denn bloß parken?“, überlegt Frau Sattler laut.

Das ist wirklich eine gute Frage, denn auf dem Hof ist die Hölle los. Massenweise Leute laufen herum; sie rufen, hämmern und schleppen Sachen. Alles wirkt so hektisch, als würde nächste Woche hier kein Film gedreht, sondern ein König samt Hofstaat antanzen.

Aus dem Pferdeanhänger ertönt ein klägliches Wiehern, das eindeutig von Filou stammt. Kein Wunder! Er steht schon seit mehr als einer Stunde in dem schaukelnden Anhänger und jetzt ist er auch noch in einem lauten, unruhigen Durcheinander gelandet.

„Ich geh mal jemanden fragen“, sagt Frau Sattler und steigt aus dem Wagen. Hinter uns wiehert Filou noch einmal, dann stampft er ungeduldig mit einem Huf auf.

„Wir sollen zurück durch das Tor fahren und dann nach rechts abbiegen“, erklärt Frau Sattler, als sie nach ein paar Minuten wieder zurückkommt. „Dort ist eine große Wiese, auf der wir parken können.“ Sie lässt den Motor wieder an und lenkt ihr Auto vorsichtig zwischen den hin und her laufenden Leuten hindurch.

Gefühlte Ewigkeiten später klettern wir endlich aus dem Wagen. Arpad geht sofort zum Pferdetransporter hinüber.

„Komm, Maja, hilf mir mal. Wir holen zuerst Favory heraus. Dann ist Filou ruhiger, wenn er aussteigen muss“, schlägt er vor.

Tatsächlich macht der Lipizzanerhengst keine Schwierigkeiten, als Stuntpferde-Profi ist er ja auch das Reisen gewohnt. Während er völlig gelassen rückwärts die Rampe hinunterspaziert, erhasche ich einen Blick auf mein Pony. Es ist nach der langen Fahrt ein bisschen verschwitzt und seine großen dunklen Augen schauen mich an, als wolle es sagen: „Was macht ihr nur mit mir?“

Filou tut mir ein bisschen leid und plötzlich bekomme ich ein ganz schlechtes Gewissen. Denn zum ersten Mal, seit ich mich mit ihm für den Statisten-Job beworben habe, frage ich mich, ob das, was ich tue, für ihn auch richtig ist.

Dann steht Favory auf der Wiese und sieht sich interessiert um. Ich will zu Filou in den Anhänger gehen, aber Frau Sattler fasst mich am Arm. „Lass mal, das mache ich. Du bist so aufgeregt, dass du dein Pony nur noch nervöser machst.“

Ist das so offensichtlich?, denke ich betroffen. Ich murmele ein Dankeschön, gehe zu Maja hinüber und sehe zu, wie Frau Sattler Filou langsam aus dem Anhänger führt.

Ich habe mein Pony heute besonders hübsch gemacht, es sogar mit warmem Wasser und Pferde-Shampoo abgewaschen, seine dichte Mähne mit einem bunten Band verflochten und rote Bandagen um seine Beine gewickelt. Wie es jetzt auf der Wiese steht, aufgeregt, mit geblähten Nüstern, wehendem Schweif und blitzsauberem, in der Sonne leuchtendem Fell, ist es wirklich wunderschön. Also ehrlich: Filou sieht gerade gar nicht so aus wie ein Wallach von 21 Jahren, sondern wie ein temperamentvoller junger Hengst. Ich bin so unendlich stolz auf ihn!

„Was machen wir denn jetzt?“, frage ich Frau Sattler. „Haben die in der Burg Ihnen auch gesagt, wo wir hinmüssen?“

Sie nickt. „Du musst zurück in den Hof, dann in den Pallas, das große Gebäude rechts. Drinnen geht es links eine Wendeltreppe hinauf, danach zur zweiten Tür auf der rechten Seite."

Na gut, jetzt wird's also richtig ernst. Oje! Auf was hab ich mich nur eingelassen?

„Okay", sage ich und versuche, nicht zu nervös zu klingen. „Bleiben Sie so lange bei Filou?"

Sie nickt. „Ich lasse ihn erst mal grasen, damit er sich an die neue Umgebung und die unruhige Atmosphäre gewöhnt. Anschließend führe ich ihn ein bisschen auf dem Waldweg dort drüben herum. Dann ist er schon aufgewärmt, wenn du gleich vorreitest. Arpad, du weißt besser als ich, was du jetzt zu tun …"

Rrrumms!

Im Burghof muss etwas umgekippt sein. Filou macht einen erschrockenen Satz rückwärts, stößt mit den Hinterbeinen an einen Baumstumpf, springt wieder nach vorne und bleibt wie angewurzelt stehen.

„Puh!", macht Frau Sattler, die von meinem Pony beinahe von den Füßen gerissen wurde. Dennoch legt sie ihm beruhigend die Hand auf den Hals.

Auweia! Wenn so was nachher beim Vorreiten passiert, werde ich vor aller Augen im Dreck landen. Das war's dann mit meiner Rolle als Statistin.

„Alles klar?" Arpad sieht prüfend in die Runde, aber außer dem Schrecken ist niemandem etwas passiert. Dann erklärt er: „Ich bleibe hier, die Regisseurin kommt raus, um Favory und mich kennenzulernen. "

Du hast's gut!, denke ich und spüre ein bisschen Eifersucht. Die weltberühmte Regisseurin Angelina Jones bequemt sich, zu dir zu kommen. Ich dagegen muss sehen, wie ich mich durch das Durcheinander im Burghof bis zur Casting-Direktorin durchschlage.

„Zoe, an deiner Stelle würde ich jetzt losgehen. Bis zu deinem Termin sind es weniger als zehn Minuten", fordert mich Frau Sattler auf.

Huch! Schon so spät? Wenn ich nicht mal mehr auf die Uhr schaue, muss ich total durch den Wind sein. Maja packt mich am Ärmel und zieht mich mit sich in Richtung Burg. Zum Glück hat sie versprochen, mich zu begleiten.

Obwohl wir uns beeilen, dauert es länger als erwartet: Am Burgtor lassen wir einen Traktor mit einem Anhänger voller Holzbohlen vorbei und auf der Treppe zum Pallas müssen wir uns zwischen Unmengen von Kisten durchwursteln. Als wir den Rittersaal im Erdgeschoss betreten, haben wir nur noch zwei Minuten Zeit! Trotzdem bleibe ich stehen und sehe mich fasziniert um, denn an der Wand stehen Reihen um Reihen mit Ständern voller Kostüme und Requisiten: schöne lange Frauenkleider, Lederjacken, Hüte mit breiten Krempen, glänzende Degen, altmodische Pistolen, prachtvoll verzierte, schwere Sättel …

„Nun komm schon! Dein Casting fängt an." Majas drängende Stimme reißt mich aus meinen Träumereien. „Wenn du als Statistin eingestellt bist, hast du genug Zeit, dir alles anzusehen. Vorher müssen die dich aber erst mal nehmen."

Sie hat recht. Wir hasten auf die halb offen stehende Holztür an der linken Seite des Rittersaales zu und fast stoße ich mit einer Frau zusammen, die noch einen weiteren

Kleiderständer auf Rädern hinter sich herzieht. Am liebsten wäre ich die enge Wendeltreppe hochgerannt, aber das geht nicht, weil die alten Stufen gemeinerweise verschieden hoch sind und ich bei jedem Schritt höllisch aufpassen muss, nicht zu stolpern.

Um kurz nach halb vier betreten wir einen langen Flur und nach wenigen Schritten bleiben wir vor der zweiten Tür rechts stehen. Darauf ist mit Klebestreifen ein Zettel angebracht, auf dem mit großen Lettern *Anne Davenport – Second Assistant Director* geschrieben steht.

Komisch, eigentlich sollte ich doch bei der Casting-Direktorin vorsprechen, denke ich. Aber man hat mir gesagt, dass ich hier klopfen soll, also mache ich das auch. Wenn ich falsch gelandet bin, wird man mich schon an die richtige Adresse weiterleiten. Mein Herz wummert wie wild.

„Herein“, erklingt eine weibliche Stimme von drinnen.

Die Situation erscheint mir plötzlich absolut unwirklich. Es kann doch gar nicht sein, dass ich an einem Casting für einen Hollywood-Film teilnehme! Bestimmt liege ich in Wirklichkeit in meinem Bett und hab einen schönen Traum. Gleich wird mich mein Wecker erbarmungslos aus dem Schlaf reißen und dann muss ich zur Schule.

„Nun geh schon!“, drängelt mich Maja. Weil ich nicht sofort reagiere, öffnet sie an meiner Stelle die Tür und gibt mir einen leichten Schubs. Ehe ich mich's versehe, stehe ich in einem kleinen, schmalen Raum, in dem es außer Maja und mir nur einen mit einem Computer bestückten Schreibtisch gibt und dahinter eine etwa dreißig Jahre alte, dezent geschminkte Frau mit langen dunkelblonden Haaren. Sie lächelt mir freundlich zu.

Aha, denke ich. Diese Frau ist wohl so was wie die Sekretärin der Casting-Direktorin.

„Guten Tag“, bringe ich etwas mühevoll heraus. „Ich … also, ich bin Zoe und … ääh … ich wurde zum Casting eingeladen.“

Hab ich mich jetzt richtig ausgedrückt? Eigentlich hätte ich mich ja mit meinem vollen Namen vorstellen müssen und vielleicht hätte ich besser sagen sollen „Man hat mich zum Casting gebeten“ oder „Ich darf mich bei Ihnen als Statistin vorstellen“.

„Hallo.“ Die Frau steht auf und gibt mir ihre Hand. „Ich bin Anne Davenport, die zweite Regieassistentin.“ Sie spricht gut Deutsch, allerdings mit einem deutlichen englischen Akzent.

„Sehr … äh … erfreut.“ Mist, verdammt, warum bin ich bloß so unsicher?

„Maja Erdelyi“, stellt meine Freundin sich vor. „Ich bin die Schwester von Arpad, der Travis Lauter doubelt.“

Komischerweise klingt sie total ruhig und sicher. Dabei ist sie meistens ziemlich schüchtern, wenn sie jemanden neu kennenlernt. Aber als Stuntreitertochter kennt sie sich beim Film halt gut aus. Ganz im Gegensatz zu mir. Trotzdem: Wenn ich weiter hier rumstehe und diese zweite Regieassistentin anstarre wie ein verschüchtertes Huhn, nehmen die mich ganz sicher nicht.

„Es freut mich auch“, erklärt Frau Davenport. „Zoe, wir gehen gleich nach nebenan. Dort wirst du ein paar

Szenen spielen. Ich werde dich filmen und zeige die Aufnahmen dann Mary Alvarez, der Casting-Direktorin."

„Ist sie gar nicht hier? Ich dachte…", beginne ich verwirrt.

„Nein. Und das ist mit voller Absicht so", erklärt Frau Davenport lächelnd. „Schließlich wollen wir wissen, welchen Eindruck du vor der Kamera machst."

„Okay", murmele ich verzagt. Das macht ja auch wirklich Sinn, trotzdem hat mich die Nachricht wie ein Schlag getroffen.

Jetzt muss ich also doch vor die Kamera und werde vorher nicht mal geschminkt…

Na gut, Zoe, das war's dann wohl mit deiner Statistinnen-Rolle, denke ich enttäuscht. Wenn Mary Alvarez diese Filmaufnahmen sieht, hast du nicht mal mehr den Hauch einer Chance.

„Wo ist denn deine erwachsene Begleiterin?", will Frau Davenport wissen.

Ihre Frage bringt mich fast an den Rand der Verzweiflung. Soll Frau Sattler jetzt etwa auch noch herkommen, um Zeugin meines Untergangs zu werden? Aber was machen wir solange mit Filou?

Weil ich nicht gleich etwas sage, erklärt Maja: „Frau Sattler ist auf der Wiese hinter der Burg und passt auf Zoes Pony auf."

Frau Davenport runzelt die Stirn. „Habt ihr sonst niemanden mitgebracht, der diesen Job übernehmen könnte?"

Ich schüttele nur stumm den Kopf und Maja antwortet: „Ich könnte runtergehen und sie ablösen."

Oh nein, lass mich hier bloß nicht alleine!, denke ich und werfe ihr einen Hilfe suchenden Blick zu.

Ob Frau Davenport das bemerkt hat? Jedenfalls erklärt sie: „Na gut, ich glaube, das ist nicht nötig. Hauptsache, Frau Sattler ist in der Nähe."

„Uff!", murmele ich. Wenigstens diese Klippe ist umschifft.

Dann folge ich Frau Davenport in den nächsten Raum. Der ist viel größer als ihr Büro, die Decke ist mit hübschen Stuckornamenten geschmückt und in der hinteren Ecke steht ein altmodischer Kachelofen. An der rechten, fensterlosen Seite hat jemand eine hölzerne Bühne aufgebaut.

Das sind wohl die Bretter, die die Welt bedeuten. Und auf denen ich mich gleich bis auf die Knochen blamieren werde, denke ich.

Die Regieassistentin nimmt eine kleine Kamera von der Fensterbank und schaltet sie ein.

Ich atme tief durch. Okay, die Sache ist gelaufen, bevor sie richtig angefangen hat, sage ich mir. Die nächsten paar Minuten sind garantiert mein erster und letzter Auftritt beim Film. Und gerade darum werde ich sie so richtig genießen.

„Was immer du jetzt auch tust, stelle dir bitte vor, du würdest dabei ein langes Kleid und wertvollen Schmuck tragen", sagt Frau Davenport.

„In Ordnung", erkläre ich.

Komischerweise werde ich jetzt ganz ruhig. Ich nehme eine gerade Haltung an und hebe vornehm den Saum meines imaginären Kleides. Mit gemessenen Schritten gehe ich zu der Bühne und steige so vorsichtig die Treppe hoch, als könne ich jeden Moment mit meinen nicht vorhandenen hohen Absätzen stolpern. Dann drehe ich mich zu der Regieassistentin und Maja um und mache einen angedeuteten Hofknicks.

Frau Davenport lächelt. „Würdest du dich jetzt bitte mit ein paar Sätzen vorstellen?"

Ich nicke gehorsam, aber eigentlich habe ich etwas ganz anderes im Sinn. Jetzt ist sowieso alles egal.

Ich mache ein derart arrogantes Gesicht, dass es Arpad alle Ehre gemacht hätte, und lege los. „Seid gegrüßt, Diener und Knechte", beginne ich, wobei ich mich heimlich über Maja amüsiere, weil die bei meinen Worten die Augen aufreißt. „Ich bin Ottilie von Hohenstein, die Kammerzofe Ihrer Hoheit, der Prinzessin. Nehmt jetzt meine Befehle entgegen. Magd Maja, tritt vor!"

Meiner Freundin klappt die Kinnlade herunter. Dass sie trotzdem tut wie geheißen, liegt wohl daran, dass ich gerade fast so geklungen habe wie unsere Deutschlehrerin, wenn sie mal wieder jemandem eine Strafarbeit aufbrummt.

„Du gehst hinunter und kehrst den Burghof", befehle ich und wedele genervt mit meinem imaginären Fächer, weil sie sich nicht gleich rührt. „Na los, worauf wartest du noch?"

Jetzt beginnt Maja, über das ganze Gesicht zu grinsen. Sie verbeugt sich tief und macht tatsächlich ein paar Schritte Richtung Tür. Mir beginnt das Theater richtig Spaß zu machen. „Und nun zu dir, Knecht Ruprecht", sage ich zu dem Ofen in der Ecke.

Schnell schaltet die Regieassistentin die Kamera aus, dann fängt sie schallend an zu lachen.

„Das war so zwar nicht geplant, aber du warst trotzdem richtig gut“, sagt sie, als sie sich wieder ein bisschen gefangen hat. „Ich werde den Film genau so an unsere Casting-Direktorin weiterleiten.“

Der kommen bestimmt die Tränen. Leider aber nicht vor Lachen, denke ich bedrückt.

Frau Davenport wird wieder ernst. „Ab jetzt machst du aber genau das, was ich dir sage, okay?“ Dann wendet sie sich Maja zu. „Könntest du dich bitte zu Zoe auf die Bühne stellen?“ Meine Freundin nickt und geht in Position. „Also“, erklärt Frau Davenport, „wenn ich die Hand hebe, ist die Kamera wieder eingeschaltet. Zoe, du tust dann bitte so, als wäre Maja die Prinzessin und du würdest sie einkleiden.“

Ich beiße mir auf die Lippen, murmele „Okay“ und warte auf meinen Einsatz. Dann lege ich los, ziehe Maja ein nicht vorhandenes Korsett an und schnüre es mit energischen Bewegungen zu.

„Noch ein bisschen fester, Euer Majestät?“, frage ich sie nach den ersten paar Handgriffen.

„Ja, b… bitte“, stottert Maja, die große Mühe hat, ihr Kichern zu unterdrücken.

„Jawohl, Majestät, wie Ihr wünscht.“ Jetzt tue ich so, als müsse ich mich mächtig anstrengen, um das Korsett noch enger zu machen. Anschließend hole ich das Kleid und ziehe es Maja so vorsichtig über, als hätte ich einen mit Gold durchwirkten Seidenstoff in der Hand. Danach hebe ich nacheinander ihre Füße an und streife ihr hochhackige Schuhe über. Schließlich richte ich mich mit einer eleganten

Bewegung wieder auf und frage: „Mit welchem Geschmeide gedenkt Ihr Euch heute zu schmücken, Euer Hoheit?"

„Äääh … keine Ahnung", antwortet Maja viel zu ehrlich.

„Ich würde Euch die silberne Kette mit den roten Edelsteinen empfehlen. Natürlich auch die passenden Ohrringe", schlage ich dienstbeflissen vor. „Das würde wunderbar zu Eurem grünen Kleid passen. Oder nehmt das goldene Geschmeide mit den violetten Steinen und dazu den golddurchwirkten Kopfputz. Sie würden Euren schönen blauen Augen wunderbar stehen."

„Dann nehmen wir doch das goldene", entscheidet sich meine Freundin, die sich endlich in ihre Rolle eingefunden hat.

„Stopp, das genügt", ruft die Regieassistentin. Sie schaltet die Kamera aus und fährt fort: „So, nun noch eine letzte Szene. Vielen Dank, Maja, das war's erst mal. Und Zoe, sei so gut und stelle dir vor, dass die Burg gerade von Feinden gestürmt wird. Die ersten Soldaten dringen schon in die Kemenate ein und wollen die Prinzessin entführen. Du weißt dir nicht mehr zu helfen und schreist laut vor Schrecken. Alles klar?"

Muss ich jetzt auch noch das hysterische Weiblein spielen? Na gut, meinetwegen …

Ich atme ein paarmal tief durch.

„Film läuft!", ruft Frau Davenport.

Aus unerfindlichen Gründen habe ich jetzt wirklich fast das Gefühl, als würden gerade ein paar zu allem entschlossene Kerle in den Raum stürmen. Entsetzt starre ich auf die Tür, raufe mir die Haare und beginne dann zu kreischen, als wäre ich dem Wahnsinn nahe. Dabei wanke ich dramatisch ein paar Schritte in Richtung Maja und sinke meiner verdutzten Freundin wie ohnmächtig in die Arme.

„Sehr gut“, bemerkt die Regieassistentin mit wackeliger Stimme, schaltet schnell die Kamera aus und kriegt schon wieder einen Lachanfall.

„Du warst super!“, wispert mir Maja ins Ohr, bevor ich mich aufrichte.

„All right“, erklärt Frau Davenport. „Jetzt fehlen nur noch die Aufnahmen mit deinem Pony. Kommt ihr mit nach unten?“

„Okay“, antworte ich, obwohl mir schon wieder mulmig wird. Wie wird sich Filou in der unruhigen, absolut unbekannten Umgebung verhalten? Ich hab jedenfalls nicht die geringste Lust, vor laufender Kamera im Dreck zu landen. Aber na gut, eigentlich ist es egal, wenn's schiefgeht. Ich hab eh nichts mehr zu verlieren.

Als wir bei dem Jeep und dem Pferdetransporter ankommen, sind Arpad und Favory verschwunden. Meinen Filou kann ich nur von Weitem sehen. Frau Sattler hat ihn gesattelt und aufgetrenst und führt ihn über einen Feldweg am Waldrand entlang. Mein Pony scheint sich an die neue Umgebung und sogar an den Krach, der über die Burgmauer zu ihm hinüberschallt, schon ganz gut gewöhnt zu haben, jedenfalls trottet es mit entspannt gesenktem Kopf dahin.

Jetzt hat Frau Sattler uns gesehen. Sie winkt und kommt mit Filou zu uns herüber. Während sie sich der Regieassistentin vorstellt, streichele ich meinem Pony zur Begrüßung über die Stirn, ziehe noch den Sattelgurt nach, setze meine Reitkappe auf den Kopf und streife die Reitstiefel über. Dann geht's los: Vor laufender Kamera steige ich in den Sattel, reite ein paar Runden im Schritt und lasse Filou danach in den Trab übergehen.

Ich glaube, mein kluges Pony hat kapiert, dass das hier unser ganz großer Auftritt ist. Mit lockeren, schwingenden Bewegungen schwebt er in einer schönen Dressur-Haltung über die Wiese und reagiert auf jede Hilfe. Bestimmt sieht es jetzt total hübsch aus, ganz im Gegensatz zu mir. Mit der klobigen Reitkappe auf dem Kopf wirke ich sicherlich noch dämlicher als vorher. Unsicher werfe ich einen Blick in Richtung Maja, doch sie nickt mir zu und macht ein Daumen-hoch-Zeichen.

Plötzlich dringt aus dem Burghof der erschrockene Schrei eines Mannes an unsere Ohren und es klirrt so laut, als würde eine riesige Glasscheibe zerspringen. Mein Pony erschrickt und macht einen mächtigen Satz, und noch bevor ich kapiert habe, was passiert, verliere ich das Gleichgewicht und rutsche auf seinen Hals. Mit gehetzten Galoppsprüngen ergreift Filou die Flucht, ich klammere mich an seiner Mähne fest, doch es hilft nichts: Ich stürze endgültig und lande mit Wucht auf dem Hinterteil.

Ist das peinlich! Mit wild pochendem Herzen hocke ich im Gras, mein Hintern tut weh und ich fühle mich fürchterlich. Am liebsten würde ich einfach losheulen. Zum Glück bleibt Filou in wenigen Metern Entfernung stehen; mit aufgerissenen Augen schaut er zur Burgmauer hinüber, hinter der jede Menge lauter Rufe ertönen. Dann wird es still – offenbar haben sich wenigstens die Männer im Hof von ihrem Schrecken erholt und machen sich wieder an die Arbeit.

Ich rappele mich auf, gehe zu meinem Pony und lege ihm den Arm um den Hals, drücke meinen Kopf in seine Mähne und dränge die Tränen zurück, die sich größte Mühe geben, in meine Augen zu steigen.

Das war jetzt wohl der letzte Nagel im Sarg meiner Statistinnen-Karriere, denke ich. Aber dann wird mir klar, dass es trotz allem immer noch etwas zu verteidigen gibt, nämlich meine Ehre! Nein, ich werde nicht vor laufender Kamera aufgeben, und losheulen werde ich schon gar nicht!

Entschlossen hebe ich den Kopf.

Maja ist zu uns herübergekommen und nimmt Filou am Zügel. „Alles klar?", fragt sie.

„Kein Problem, wirklich", antworte ich und werfe der Regieassistentin, die mit erschrockenem Gesicht neben Frau Sattler steht, einen fragenden Blick zu. „Soll ich wieder aufsteigen?"

„Gerne, wenn du kannst", erklärt sie.

Ich grinse schief und schwinge mich wieder in den Sattel. Zum Glück bleibt es jetzt im Burghof ruhig und das Reiten klappt wunderbar. Nach ein paar Runden im Trab nehme ich meinen Mut zusammen und lasse Filou angaloppieren. Auch das macht er ganz prima und so ruft mir Frau Davenport zu: „Vielen Dank, ihr könnt Schluss machen."

Ich lasse mein Pony Schritt gehen und atme auf. Die Regieassistentin kommt zu uns herüber.

„Ihr beiden habt das super gemacht.“

Der Schreck sitzt mir immer noch in den Gliedern und mein Hintern tut weh, darum zucke ich nur mit den Achseln.

„Du, das mit dem Sturz war gar nicht schlimm“, tröstet sie mich. „Erst recht nicht, weil du die Situation so tapfer gemeistert hast. Überhaupt scheinst du mir ein sehr nettes, mutiges Mädchen zu sein. Und dein Pony ist einfach niedlich. Ich bin gespannt, was Mary Alvarez zu euch beiden sagt.“

Das kann ich mir zwar denken, aber ich lächele trotzdem und schüttele Frau Davenport vom Sattel aus die Hand.

„Viel Glück!“, wünscht sie mir noch. „Ich muss gleich zurück in mein Büro, ich erwarte noch einen Anruf.“

Ein paar Atemzüge lang sehe ich ihr nach, wie sie in Richtung Burghof geht. Dann gleite ich von Filous Rücken.

„Das war spitze“, urteilt auch Frau Sattler, die mit Halfter und Strick bewaffnet zu uns kommt. „Wie ihr über die mit Blumen übersäte Wiese galoppiert seid … Also, das sah richtig romantisch aus.“ Anerkennend klopft sie mir auf die Schulter. Dann nimmt sie Filou am Zügel, schlingt ihm locker den Führstrick um den Hals, zieht ihm das Kopfstück aus, streift ihm das Halfter über und lässt ihn ein bisschen grasen. Ich nehme ihm den Sattel ab, hänge das Kopfstück darüber und schleppe alles in Richtung Auto.

Maja begleitet mich. „Na also, das wäre geschafft. War alles halb so schlimm, oder?“

„Na ja, etwas Unmögliches haben die wirklich nicht von mir verlangt. Und Frau Davenport war ganz nett“, gestehe ich. „Trotzdem bin ich mir sicher, dass ich die Statistinnen-Rolle nicht kriegen werde.“

„Wie kommst du denn darauf?“, fragt sie erstaunt. „Du warst richtig klasse. Oben auf der Bühne hast du dich so locker benommen, als wärest du schon seit Jahren beim Film. Und dass du nach dem Sturz sofort wieder aufs Pferd gestiegen bist … Also, das hatte echt Stil. Du hast dir doch sicher ordentlich wehgetan.“

Unwillkürlich reibe ich mir meinen immer noch schmerzenden Hintern. „Ging so. Jedenfalls gibt es Schlimmeres. Zum Beispiel, dass ich vor der Kamera immer wie der hinterletzte Idiot aussehe. Meine Freundinnen haben mich oft genug mit dem Handy gefilmt.“ Ich stoße einen tiefen Seufzer aus. „Vorher hieß es doch immer, dass die Casting-Direktorin mich anschauen wolle. Vom Filmen war nie die Rede. Und jetzt …“

Maja lächelt verständnisvoll. „Mach dir mal keine Sorgen. Professionelle Kamera-Aufnahmen sind etwas ganz anderes, als wenn dich irgendjemand mit irgendeinem Handy filmt. Und Frau Davenport hat mit so was jede Menge Erfahrung. Sie weiß, wie man die Leute richtig in Szene setzt.“

Ich denke kurz nach. Und dabei kommen mir wieder die Aufnahmen in den Sinn, die Birte auf der letzten Reitstall-Party von mir gemacht hat. Wenn Maja wüsste, wie grässlich ich darauf aussehe, würde sie sich jetzt nicht halb so viele Hoffnungen machen. Nein, die Statistinnen-Rolle kann ich echt vergessen.

Maja klopft mir auf die Schulter. „Wir werden ja sehen …“

Kapitel 2

Schlachtpläne

Am nächsten Tag in der Schule versuche ich, nicht an das Casting zu denken. Zum Glück habe ich meinen Klassenkameraden kein Sterbenswörtchen davon erzählt und auch Maja hat dichtgehalten. Wenn mich ausgerechnet jetzt alle möglichen Leute in den Pausen umlagern und mit ihren Fragen löchern würden … Ich glaube, das könnte ich nicht aushalten.

Irgendwie schaffe ich es, den ganzen Morgen über nicht in meine E-Mails zu schauen. So früh brauche ich ja auch noch gar nicht mit einer Antwort zu rechnen.

Erst als ich nach der Schule mit Maja im Bus sitze, hole ich mein Smartphone aus der Tasche, um meine Mails zu checken … und kriege fast einen Schlag: Ich hab tatsächlich eine Nachricht der Film-Produktionsgesellschaft bekommen!

„Liebe Zoe", lese ich halblaut, während Maja über meine Schulter schaut. „Ich freue mich, Dir mitteilen zu können …"

Mein Herz schlägt bis zum Hals. Mit zitternden Fingern klicke ich die Mail an.

„Na also", meint Maja triumphierend.

„Du, das glaube ich nicht. Ich kann es einfach nicht glauben", sage ich kopfschüttelnd.

„Was soll das denn heißen?", fragt sie empört. „Glaubst

du etwa, die schreiben: ‚Liebe Zoe, ich freue mich, Dir mitteilen zu können, dass wir Dich *nicht* nehmen?'"

Jetzt hab ich endlich die ganze Mail auf dem Bildschirm.

Tatsächlich, da steht es:

Liebe Zoe,

ich freue mich, Dir mitteilen zu können, dass Deine Bewerbung als Statistin Erfolg gehabt hat. Das habe ich gerade von Mary Alvarez erfahren. In den nächsten Tagen werden Dir die schriftliche Bestätigung und der Arbeitsvertrag per Post zugeschickt, zusammen mit einem Merkblatt, auf dem Du alles Wissenswerte erfahren kannst. Bitte sende den Vertrag so schnell wie möglich von Dir und einem Erziehungsberechtigten unterschrieben zurück. Wenn Du Fragen hast, kannst Du mich jederzeit anrufen. Ich freue mich persönlich sehr über Dein Engagement!

Mit freundlichen Grüßen
Anne Davenport, Second Assistant Director

„Hurra!", brüllt Maja so laut, dass sich sämtliche Leute im Bus nach uns umschauen.

Ich dagegen kriege keinen Ton heraus. Fassungslos starre ich auf das Display, lese die Nachricht noch einmal, dann ein drittes und ein viertes Mal, bis Maja mich am Arm zupft.

„He, komm wieder zu dir! Da drüben ist schon unsere Bushaltestelle."

Ich zucke zusammen, nehme meine Tasche und gehe mit ihr zum Ausgang. Aber ich wage nicht, mein Handy auszumachen, weil ich die total widersinnige Angst habe, dass der Brief nicht mehr in meinem Postfach sein könnte, wenn ich es wieder einschalte. Auch auf dem Heimweg lasse ich das Display keine Minute lang aus den Augen. Denn gerade ist ein Traum in Erfüllung gegangen, ein unglaublich riesengroßer Traum: Ich spiele in einem Hollywood-Film!

„Himmel noch mal, was ist denn mit dir los?“, fragt mich meine Mutter erschrocken, als sie mir die Haustür öffnet.

Nun hab ich ja keine Ahnung, wie ich aussehe. Aber ich weiß, wie ich mich fühle: Ich schwebe auf Wolke sieben, trotzdem sind meine Knie weich wie Pudding und mein Magen fühlt sich an, als hätte ich Watte verschluckt. Weil ich das, was mir gerade passiert ist, nicht in Worte fassen kann, halte ich meiner Mutter schweigend mein Handy unter die Nase.

„Aber … das ist ja fantastisch!“ Mama fällt mir um den Hals. „Meine Tochter wird Hollywood-Star!“

„Mama!!“, ermahne ich sie. „Ich bin nur eine einfache Statistin. Wer weiß, ob man mich überhaupt in einer einzigen Szene erkennt?“

„Ach, das ist doch egal. Du wirst jetzt Erfahrungen machen, von denen andere Leute ihr ganzes Leben lang träumen!“, jubelt sie. „Ich freue mich so, ich bin ja so glücklich! Nächstes Jahr darf ich meine Tochter und mein Pony im Kino bewundern! Und auf eines kannst du dich verlassen: Unseren Filou erkenne ich ganz bestimmt.“

Dann hält sie inne und schnuppert. „Huch, die Milch kocht über!“

Wir rennen in die Küche und ich öffne das Fenster, während sie den Topf von der Herdplatte zieht. „Eigentlich wollte ich einen Pudding für uns machen“, erklärt sie und wischt die verbrannte Milch auf. „Aber weißt du, was? Dann gibt's eben Eis. Hauptsache, wir haben was Leckeres, um dein Engagement zu feiern!“

„Das ist ja großartig!“ – „Wann soll's denn losgehen?“ – „Wehe, wenn du mir kein Autogramm von Travis Lauter besorgst!“

Gleich nach dem Mittagessen treffe ich mich mit Birte, Paulina und Janine in der Sattelkammer von Hof Buchental. Sie freuen sich riesig und sind total aufgeregt.

„Langsam, langsam!“, ermahne ich sie. „Bis zu meinem ersten Drehtag dauert es noch mehr als eine Woche. Außerdem hab ich null Ahnung, ob ich auch nur ein einziges Mal nahe genug an Travis Lauter rankomme, um wenigstens ein paar Worte mit ihm zu wechseln. Da kann ich ihn wohl kaum sofort um Autogramme bitten.“

„Och“, macht Janine enttäuscht.

„Na ja, ich kann's nicht ändern“, erkläre ich. „Anscheinend sind Schauspieler, Stuntmen und Statisten ziemlich streng voneinander getrennt. Alle haben eigene Aufenthaltsräume und eigene Regieassistenten, die ihnen sagen, was die Regisseurin von ihnen will, und die sich auch sonst um sie kümmern. Ich verstehe das auch: Beim Film muss ja alles wie am Schnürchen klappen, sonst wird das unglaublich teuer. Aber ich werd's versuchen mit den Autogrammen. Heiliges Reiter-Ehrenwort!"

„Tag zusammen", erklingt da eine fröhliche Stimme vom Eingang. Sie gehört Kerstin Eibelstatt, die gerade mit beschwingten Schritten zur Tür hereinkommt.

„Hallo", begrüßen wir sie fast im Chor.

Kerstin ist eine nette, ungefähr dreißig Jahre alte Frau, die seit drei Jahren Reitunterricht auf Hof Buchental nimmt. In den letzten Monaten hatte sie eine Reitbeteiligung an einem Norweger-Wallach, aber dessen Besitzer ist vor ein paar Wochen weggezogen und hat sein Pferd mitgenommen. Kerstin war ziemlich traurig, doch heute strahlt sie über ihr ganzes Gesicht.

„Wollt ihr mir nicht gratulieren?", fordert sie uns auf. „Ich bin jetzt Pferdebesitzerin! Vor zehn Minuten habe ich den Kaufvertrag unterschrieben."

„Herzlichen Glückwunsch!", ruft Paulina aus.

„Hey, cool!", fügt Birte hinzu.

„Wie heißt denn dein Pferd?", fragt Janine.

„Abendstern", antwortet Kerstin lächelnd.

„Du hast Emilys Pferd gekauft? Das ist ja prima!", ruft Paulina.

Sie springt auf, um ihr die Hand zu schütteln. Und ich wäre Kerstin am liebsten um den Hals gefallen, weil ich mich so für sie und Abendstern freue – und weil ich sowieso so glücklich bin.

Abendstern ist ein ganz freundliches, liebes Tier. Seit ungefähr zwei Jahren steht es auf Hof Buchental und bis eben hat es Emily Münzkötter gehört. Die ist ungefähr so alt wie wir und reitet mit ihren Pferden Turniere. Jetzt will sie aber unbedingt ganz hoch hinaus und dafür ist Abendstern angeblich nicht talentiert genug. Darum hat sie ihn weggegeben – wie ein Auto oder ein Möbelstück oder wie sonst ein Ding, das ihr nicht mehr gefällt. Wir haben Abendstern die Daumen gedrückt, damit er endlich einen Besitzer findet, der ihn wirklich gernhat. Und es hat geklappt!

„Darf ich vielleicht mal mit euch zusammen ausreiten, wenn Abendstern und ich uns ein bisschen aneinander gewöhnt haben?", fragt Kerstin. „Ich glaube, Emily ist in der ganzen Zeit, in der sie ihn besitzt, nicht ein einziges Mal mit ihm ins Gelände gegangen. Da möchte ich nicht gleich alleine mit ihm losziehen."

„Na klar", erklärt Janine. „Sag uns einfach Bescheid, wenn du so weit bist, okay?"

„Das mache ich", erklärt Abendsterns neue Besitzerin. „So, und jetzt werde ich die Sachen meines Pferdes umräumen. Seine Ausrüstung war ja im Kaufpreis inbegriffen. Und heute Abend habe ich mit ihm meine erste Reitstunde bei Herrn Sattler. Wisst ihr, ich kann's noch gar nicht richtig glauben …"

Während sie sich leise summend an die Arbeit macht, nehmen wir unsere Putzkästen und gehen nach draußen.

„Na also. Jetzt hat es Abendstern bestimmt gut angetroffen", freut sich Janine.

„Und er bleibt auf Hof Buchental", fügt Birte hinzu. „Ich hätte den lieben Kerl echt vermisst, wenn er von hier weggekommen wäre."

„Das bedeutet aber auch: Emily bekommt bald ein neues Pferd“, schlussfolgere ich.

„Mit Sicherheit“, bestätigt Janine. „Es heißt sogar, dass die Münzkötters schon eines gefunden hätten.“

„Wirklich? Das ging aber schnell“, wundert sich Paulina.

„Emily hat gestern so was angedeutet“, informiert uns Birte. „Es soll wieder ein Wallach sein. Angeblich ist er etwas Besonderes, ein totaler Kracher und richtig, richtig teuer. Das Problem ist nur, dass noch zwei andere Leute dieses angebliche Wunderpferd haben wollen. Tja …“

„Wenn die Münzkötters den Zuschlag kriegen, wird Emily in Zukunft wahrscheinlich die Teilnehmerfelder sämtlicher Dressurprüfungen in unserer Gegend von hinten aufrollen“, vermutet Janine.

Paulina seufzt. „Wenn es sie denn glücklich macht … So, aber jetzt sollten wir uns langsam um unsere eigenen Pferde kümmern. Allzu spät darf's bei mir heute Abend nämlich nicht werden. Meine Patentante hat mich für heute Abend ins Kino eingeladen.“

Wir holen unsere Pferde von der Weide, putzen sie und machen einen Ausritt durch die Felder und den Wald. Obwohl wir schon Juli haben, ist es nicht wirklich heiß. Trotzdem hat Filou heute kaum Energie. Schon im Schritt zuckelt er müde hinter den anderen her und sogar bei unserer ersten Galoppstrecke ist er ungewöhnlich unmotiviert. Meine Freundinnen bemerken das offenbar auch, denn sie sagen zwar nichts, aber sie reiten langsamer als sonst. Gut, dass sie so verständnisvoll sind!

Jedenfalls mache ich mir Sorgen. Ob ich Filou mit dem Casting vielleicht wirklich zu viel zugemutet habe? Und das nur, um einmal bei Dreharbeiten dabei sein zu dürfen … Ich stelle mir sogar vor, wie er während seines Einsatzes vor Erschöpfung krank wird oder sogar vor laufender Kamera zusammenbricht. Mannomann!

„So wie Filou heute drauf ist, hab ich echt Angst, dass wir ihn mit den Dreharbeiten überfordern“, gestehe ich darum, als wir uns früher als geplant im Schritt auf den Heimweg machen.

„Das glaube ich nicht“, beruhigt mich Birte. „Ich habe ihn beobachtet. Und ich glaube, dass er gar nicht körperlich erschöpft ist. Schau ihn dir doch mal an! Er ist kein bisschen verschwitzt, er atmet ruhig und verspannt wirkt er auch nicht. Er macht eher einen lustlosen und unkonzentrierten Eindruck, ganz so, als hätte er seine Erlebnisse von gestern noch nicht richtig verdaut.“

„Das war bestimmt auch ziemlich heavy für ihn“, unterstützt sie Janine.

„Warte mal ab!“, fordert mich Paulina auf. „Wenn er sich erst mal an die Dreharbeiten gewöhnt hat, macht ihm das alles sicherlich nicht mehr so viel aus.“

Mir fällt ein kleiner Stein vom Herzen. Natürlich, ich habe mit meinen Sorgen wohl übertrieben. Mama ist immerhin Tierheilpraktikerin; kaum jemand kann die Fitness eines Pferdes so gut einschätzen wie sie. Auch die Erdelyis sind echte Pferdekenner und sie wissen genau, was bei den Dreharbeiten auf Filou zukommt. Trotzdem hat keiner irgendwelche Zweifel daran geäußert, dass er die

Filmaufnahmen schaffen kann. Also: Warum mache ich mir Gedanken?

Ich lege meinen Oberkörper auf den Hals meines Ponys und wühle mit meinen Händen in seiner dicken Mähne. Als Filou zufrieden schnaubt, bin ich endgültig fest davon überzeugt, dass ich mir um ihn keine Sorgen machen muss.

Da summt es in der Tasche meiner Reitweste und ich hole mein Handy heraus. Es kündigt eine neue Nachricht an.

„Wetten, das ist Arpad, der mir zu meinem Engagement bei ‚Das Erbe der Musketiere' gratuliert?", sage ich zu meinen Freundinnen.

Bevor ich nachsehe, reite ich aber erst mal gemütlich nach Hause. Auf dem Pferd ist das Handy nämlich tabu, erst recht auf einem Ausritt. Ich sattele Filou ab, spritze ihm die Beine ab und bringe ihn auf die Weide. Erst als ich mich von meinen Freundinnen verabschiedet habe und zu meinem Fahrrad gehe, ziehe ich mein Smartphone wieder aus der Tasche und rufe die Nachricht auf.

„Aha, wirklich von Arpad", murmele ich vor mich hin.

Herzlichen Glückwunsch! Bin begeistert!!! Lagebesprechung mit Papa wegen des Drehs. Kommst du? Arpad

Der freut sich wirklich, stelle ich lächelnd fest und tippe:

Alles klar, bin dabei. Komme gerade vom Reiten, dusche schnell, tauche dann bei euch auf. Zoe

Herr Erdelyi muss wirklich unverwüstlich sein, überlege

ich, während ich auf mein Fahrrad steige. Es ist schließlich noch nicht lange her, dass er nach seinem Autounfall mit lebensgefährlichen Verletzungen ins Krankenhaus gekommen ist. Als ich ihn am vergangenen Dienstag zum letzten Mal gesehen habe, war er noch richtig krank. Trotzdem schmiedet er schon wieder Pläne. Ich bin wirklich gespannt, wie es ihm heute geht.

Auf dem Nachhauseweg überlege ich, was ich noch für die Schule tun muss. Hmm... Fast nichts eigentlich. Die Matheaufgaben hab ich schon mit Maja in der Schule erledigt, weil Englisch ausgefallen ist. Dann muss ich noch für Bio zwei Doppelseiten im Buch durchlesen. Aber das kann ich auch heute Abend im Bett machen oder morgen früh im Bus. Das ist eh alles nur noch halb so wichtig, denn den Notenschluss haben wir schon hinter uns. So ein Glück! Jetzt gibt es so viel anderes zu tun und alles ist so aufregend, dass ich garantiert keinen Kopf mehr zum Lernen hätte.

Eine knappe Stunde später klingele ich an der Haustür der Erdelyis.

Maja öffnet. „Hallo! Gut, dass du da bist. Wir müssen den Bus nehmen, Mama hat keine Zeit, uns zu fahren."

Hinter ihr taucht Arpad auf. Offenbar kommt er gerade aus der Dusche, denn seine lockigen schwarzen Haare sind noch nass. Er schnappt sich eine volle Leinentasche und wir machen uns auf den Weg.

„Wie ist denn euer Vater so drauf?", frage ich.

„Schon wieder ganz gut, Gott sei Dank", erklärt Maja.

„Genauer gesagt: Er langweilt sich zu Tode“, ergänzt Arpad.

„So kurz nach dem Unfall?“ Jetzt bin ich aber echt verblüfft.

Arpad lacht. „Du kennst ihn nicht. Normalerweise hält er es keine zwei Tage im Bett aus.“

Seine Schwester nickt. „Vor vier Jahren hatte er eine Blinddarmoperation. Er musste gerade mal eine Woche im Krankenhaus bleiben und danach durfte er drei Wochen lang nicht reiten. Wir waren alle heilfroh, als diese Zeit endlich vorbei war.“

Ihr Bruder verdreht die Augen. „Und diesmal hat er ein gebrochenes Bein und wird monatelang nicht richtig laufen können. Ich hab nicht die geringste Ahnung, wie er das aushalten soll.“

Wir haben die Haltestelle erreicht. Von Ferne können wir den Bus schon sehen, der gerade um die Ecke biegt.

„Die Dreharbeiten werden ihn ein bisschen ablenken, hoffe ich. Er wird ja als ‚erwachsene Aufsichtsperson‘ für Arpad und dich dabei sein“, erklärt Maja. „Im Moment haben wir aber noch keine Ahnung, wie wir zur Burg Greifenstein kommen sollen. Papa kann nicht Auto fahren und die Sattlers haben sicher keine Zeit, uns und unsere Pferde jeden Tag dorthin zu bringen.“

So weit hab ich noch gar nicht gedacht, überlege ich, während wir in den Bus einsteigen. Das ist ja auch kein Wunder, ich weiß doch erst seit heute Mittag, dass ich bei den Dreharbeiten dabei sein werde. Aber na gut, schließlich fahren wir zu Herrn Erdelyi, um einen Schlachtplan auszuhecken.

Die Fahrt dauert eine knappe halbe Stunde. Wir steigen aus, gehen die Treppe hinauf zu Herrn Erdelyis Zimmer und klopfen an.

„Herein!“, antwortet er mit seinem starken Akzent und dem rollenden R. Seine Stimme klingt deutlich kräftiger als beim letzten Mal. Und als ich durch die Tür gehe und über Majas Schulter einen ersten Blick auf ihn werfe, bin ich wirklich erstaunt. Er sieht längst nicht mehr so blass und erschöpft aus wie letztes Mal, als ich ihn gesehen habe. Halb aufrecht sitzt er im Bett und hält ein Buch in der rechten Hand. Sein geschientes linkes Bein und eine in allen Farben schillernde Prellung auf seinem rechten Unterarm erinnern allerdings deutlich daran, dass sein Unfall noch nicht lange her ist.

„Hallo ihr drei!“ Er begrüßt mich mit einem kräftigen Händedruck. „Und dir herzlichen Glückwunsch, Zoe! Ich hab mir schon gedacht, dass sie dich nehmen.“

„Ich hab nicht im Traum damit gerechnet“, erkläre ich ehrlich, nehme mir einen Stuhl und setze mich hin. „Wenn Sie mich vorher in den Filmaufnahmen auf den Handys meiner Freundinnen gesehen hätten, hätten Sie auch nicht mehr daran geglaubt.“

„Nun mach dich mal nicht schlechter, als du bist“, brummt er.

„Die setzen sogar ziemlich große Hoffnungen in Zoe“, erklärt Arpad. „Am Mittwoch haben sie sich schon zwei andere Mädchen angesehen. Eine konnte super reiten, aber beim Vorsprechen war sie steif wie ein Brett und hatte null Ausstrahlung. Die andere kam zwar ganz nett rüber, aber sie konnte nicht gut reiten und hatte sogar ein bisschen Angst vor ihrem Pferd."

„Woher weißt du das?", frage ich entgeistert.

Arpad zuckt die Achseln. „Das hat mir László erzählt. Der ist schon seit ein paar Tagen in Greifenstein. Er war auch dabei, als ich mich gestern der Regisseurin vorgestellt habe."

„Gut, dass ihr die richtigen Beziehungen habt", stelle ich kopfschüttelnd fest.

László ist ein Stuntman aus Ungarn, genau wie Herr Erdelyi. Die beiden sind gute Freunde.

„Hat er sonst noch was gesagt?", fragt Herr Erdelyi.

Arpad nickt. „Ich habe meinen ersten Einsatz am Dienstag übernächste Woche. Dann drehen wir eine Szene, in der ich als Jean-Philippe d'Artagnan den Fiesling, also László, beim Trainieren seiner Truppen beobachte. Außerdem muss ich mit Favory wild durch die Gegend galoppieren. Travis Lauter fängt erst am Mittwoch mit dem Drehen an und soll dann vielleicht ein paar Szenen reiten."

„Übernächste Woche, na Gott sei Dank." Herr Erdelyi atmet auf. „Wenn du schon vorher anfangen müsstest, hätten wir ein Problem. Die Ärzte lassen mich nämlich erst am Montag hier raus, keinen Tag früher." Er verdreht die Augen. „Na ja. Ich habe übrigens eben mit László telefoniert", fährt er fort. „Er hat sein Pferd auf einer Weide im Burggraben von Burg Greifenstein untergebracht; er selbst schläft im Zelt direkt daneben. Für Favory und Filou ist auch noch viel Platz. Wenn ihr einverstanden seid, kommt László euch alle am Montagabend mit dem Pferdetransporter abholen.

Danach bleiben wir die Woche über in Greifenstein. Wir können alle vier in unserem großen Zelt schlafen."

„Prima", findet Arpad.

Maja hat allerdings Bedenken. „Sag mal, Papa, kannst du mit deinem Gipsbein überhaupt in einem Zelt im Schlafsack übernachten?"

Er grinst schief. „Es gibt Schlimmeres. Zum Beispiel, Tag und Stunde im Bett zu liegen und sich zu Tode zu langweilen."

Sie will ihm widersprechen, aber er hat sich schon mir zugewendet. „Kommst du von Anfang an mit, auch wenn du am ersten Tag vielleicht noch in keiner Szene mitspielst? Dann ersparen wir László unnötige Fahrerei und du hast Zeit genug, dein Pony an die Atmosphäre am Set zu gewöhnen."

Ich strahle ihn an. „Na klar! Zelten mit den Pferden und am Filmset dabei sein ist doch super. Das kann ich kaum noch erwarten!"

Herr Erdelyi lächelt. „Gut. Dann besprich das bitte mit deiner Mutter. Wenn sie auch einverstanden ist, machen wir es so." Dann sieht er seinen Sohn an. „Hast du mit Favory wegen der Mauer weiter geübt?"

Ah, jetzt kommt ein Fachgespräch. Im Drehbuch steht nämlich, dass Jean-Philippe d'Artagnan mit seinem Pferd durch einen sehr engen Spalt in einer Mauer springt, um auf dem schnellsten Wege seiner geliebten Prinzessin zu Hilfe zu kommen. Und dabei kracht die ganze Mauer zusammen. Das sieht bestimmt total dramatisch aus ... Na gut, die Steine bestehen in der Realität nur aus Schaumstoff, aber das kann vor allem das Pferd ja nicht wissen. Darum haben Herr Erdelyi und Arpad kurz vor dem Unfall angefangen, das Ganze mit Favory zu üben. Im Grunde müssen sie ihn nur langsam dazu bringen, sich der Mauer immer mehr zu nähern. Dabei spürt er irgendwann von ganz alleine, dass die Steine nur aus Schaumstoff bestehen. Dann, meint Arpad, ist der schwierigste Teil geschafft. Aber das Ganze kostet viel Zeit und Geduld.

„Ja, die letzten beiden Tage“, antwortet Arpad.

Ich werfe ihm einen erstaunten Blick zu. „Wann hast du das denn gemacht? Gestern waren wir beim Casting und heute Morgen hatten wir Schule.“

„Maja und ich waren morgens um halb sechs im Stall und konnten in aller Ruhe mit Favory arbeiten“, erklärt Arpad.

„Du hast aber wirklich Ehrgeiz“, stelle ich bewundernd fest. „Kommt ihr überhaupt noch genug zum Schlafen?“

„Natürlich“, grinst er. „In der Schule.“

Lachend schüttelt sein Vater den Kopf. „Nur gut, dass ihr bald Ferien habt.“ Dann wird er wieder ernst. „Und, wie sieht's aus?“

„Gestern haben wir die Mauer etwas höher gebaut. Das war für Favory gar kein Problem“, erzählt Arpad.

„Und heute haben wir den Durchgang so eng gemacht, dass Favory nicht mehr hindurchkonnte, ohne an die Steine zu stoßen“, berichtet Maja. „Der hat vielleicht Augen gemacht! Er ist zwei Schritte vor der Mauer stehen geblieben. Wir haben eine Weile abgewartet, ihm gut zugeredet und ihn mit Möhren gelockt, aber das hat nichts genützt.“

Herr Erdelyi seufzt. „Und ich hänge im Bett fest und kann euch nicht helfen."

„Warte doch mal ab", sagt Arpad. „Maja hatte ja die rettende Idee. Sie ist einfach selbst durch die Mauer gegangen und hat die Steine absichtlich gestreift, sodass eine Seite der Mauer umgekippt ist."

Seine Schwester nickt. „Favory hat einen Riesensatz rückwärts gemacht und total entsetzt geguckt. Na ja, und ich habe in aller Seelenruhe alles wieder aufgebaut. Dann bin ich noch ein paarmal durchgegangen und hab die Mauer wieder umgeworfen, so lange, bis Favory sich nicht mehr aufgeregt hat."

Arpad lächelt. „Am Schluss hat er sich problemlos an die Mauer heranführen lassen und hat sie beschnuppert. Man konnte richtig sehen, wie es in seinem Kopf arbeitete. Und dann hat er doch tatsächlich seinen Huf ausgestreckt und die Mauer angestoßen."

„Als sie umkippte, ist er zwar ein paar Schritte rückwärtsgegangen. Aber aufgeregt hat er sich eigentlich nicht mehr", ergänzt Maja.

„Unser Favory ist halt ein schlauer Bursche", bemerkt Herr Erdelyi stolz.

„Allerdings", bestätigt sein Sohn. „Als alles wieder stand, hat er sich einfach durch den engen Durchgang führen lassen. Dabei ist er natürlich an die Mauer gestoßen und eine Seite ist umgekippt. Er ist zwar zusammengezuckt, aber sonst hat er es mit Fassung getragen. Wir haben ihn gelobt und er hat eine Möhre abgestaubt. Das Ganze haben wir noch mal wiederholt und er ist wieder ruhig geblieben, obwohl einer der Schaumstoff-Steine auf seine Kruppe gefallen ist. Und dann haben wir Schluss gemacht."

Herr Erdelyi atmet auf. „Das habt ihr richtig gut gemacht. Ich bin stolz auf euch."

„Morgen früh üben wir noch mal. Dann bauen wir den Durchgang noch ein bisschen enger", ergänzt Maja. „Bis die Szene gedreht wird, hat Favory bestimmt kapiert, worum es geht."

Ihr Vater nickt. „Die Szene mit der Mauer soll erst in der zweiten oder dritten Woche dran sein, meint László. Das heißt: Ihr könnt während der Dreharbeiten mit ihm weiter trainieren. Allerdings …", er sieht seinen Sohn ernst an, „… müsst ihr auch noch an ein paar anderen Nummern arbeiten. Vor allem an der Übergabe der Botschaft und an dem Ritt durchs Feuer."

Arpad verdreht die Augen. „Stell dir vor, Zoe: Die wollen, dass ich im Galopp auf einen stehenden Mann zureite, vor ihm mit Favory eine Vollbremsung mache, die Botschaft übernehme und dann gleich wieder losgaloppiere."

„Kein normaler Reiter würde das so machen. Er würde die Botschaft im Schritt an sich nehmen oder, wenn er es sehr eilig hätte, im Galopp, ohne anzuhalten", ergänzt sein Vater. „Aber der Regisseur will es so haben, weil es besonders spektakulär aussieht."

Ich nicke nur. Es ist noch gar nicht so lange her, da habe ich Arpad und seinen Vater heimlich beobachtet, als sie die Nummer auf einer Waldlichtung geprobt haben. Aber davon habe ich den beiden nichts erzählt.

„Wir können das ja gleich morgen Nachmittag üben.

Wenn es auf dem Reitplatz und in der Reithalle zu voll ist, gehen wir halt in den Wald", schlägt Maja vor. „Heute Abend geht's leider nicht, weil Mama und wir Benno zu seinem nächsten Auftritt in der Oper bringen müssen."

Der schwarze Friesenhengst Benno ist das zweite Pferd der Erdelyis. Momentan tritt er mindestens einmal pro Woche in der Oper auf. Er ist so eine Art vierbeiniger Statist, der bei dramatischer Musik neben einer Opernsängerin auf der Bühne steht. Das Ganze ist total beeindruckend; die Zuschauer lieben seinen Auftritt und klatschen wie wild. Und ob man's glaubt oder nicht: Benno genießt es – trotz der ungewohnten Umgebung, der vielen Zuschauer und der lauten Musik!

„Stimmt! Daran hab ich gar nicht mehr gedacht." Herr Erdelyi schüttelt den Kopf. „Ihr Armen müsst richtig schuften, während ich gemütlich im Bett liege."

„Mach dir mal keine Sorgen. Wir kommen schon klar", beruhigt ihn Maja.

Ihr Vater atmet tief durch und lehnt sich in sein Kissen. Plötzlich sieht er sehr müde aus. „Na gut, irgendwie scheint ja alles zu laufen."

Jetzt erst wird mir klar, wie angespannt er vorher gewesen ist. Er macht sich offenbar ernsthafte Sorgen darum, dass bei den Dreharbeiten alles klappt.

Nachdenklich runzele ich die Stirn. Der Filmdreh ist ja nicht nur ein riesengroßer Spaß; alles muss wie am Schnürchen funktionieren. Die Schauspieler, die Stuntmen und sogar einfache Statisten wie ich tragen echte Verantwortung.

Plötzlich ist mir ganz mulmig zumute.

Außer den Erdelyis bin ich wohl die Einzige, die sich solche Gedanken macht. Egal, wo ich in den nächsten Tagen auch bin, ob in der Schule oder im Stall, in unserem Dorf oder sogar in Mamas Praxis – ständig werde ich von irgendwelchen total begeisterten Leuten auf meine „Rolle" beim Film angesprochen. Ich hab keine Ahnung, wer von meinen Freunden als Erster davon erzählt hat, aber die Nachricht muss sich überall wie ein Lauffeuer verbreitet haben. Immer und immer wieder muss ich bestätigen, dass ich mit Stars wie Angelina Jones und Travis Lauter drehe, muss das Gerücht korrigieren, dass ich eine richtige Sprechrolle ergattert habe, erklären, dass ich „nur" eine Statistin bin, und ich muss berichten, wie das Casting gelaufen ist. Die meisten Leute freuen sich für mich und sind einfach nur neugierig. Bei manchen kann ich aber auch deutlich spüren, dass sie neidisch auf mich sind.

Besonders bei Emily.

Dass sie mich kein einziges Mal auf die Dreharbeiten anspricht, ist ja beinahe eine Wohltat. Und dass sie sich nach wie vor bei jeder passenden oder unpassenden Gelegenheit an Arpad heranwirft, bin ich schon gewohnt und es stört mich nicht im Geringsten. Aber die Blicke, die sie mir zuwirft, haben sich geändert: Früher waren sie gleichgültig oder allerhöchstens arrogant, aber jetzt sind sie im besten Falle ablehnend, manchmal habe ich sogar das Gefühl, sie würde mich regelrecht hassen!

Am Tag bevor László uns abholt, ist es besonders deutlich. Wie so oft in den letzten Tagen stehe ich mit Birte, Paulina und Janine in einem Pulk von neugierigen Leuten auf dem

Hof unseres Reitstalles. Alle wollen unbedingt wissen, wie es denn morgen laufen wird, ob es vielleicht etwas Neues gibt, ob wir auch schon nervös sind und so weiter und so fort.

Da rollt die schwere Luxuslimousine von Emilys Vater samt Pferdeanhänger dahinter auf den Hof. Offenbar war Emily mal wieder mit ihrem Springpferd Sunrise auf einem Turnier. Und normalerweise erkundigen sich danach immer alle möglichen Leute bei ihr nach ihren Erfolgen. Heute aber würdigt sie niemand auch nur eines Blickes, obwohl das Auto dicht neben uns anhält.

Emily steigt aus. Und dabei wirft sie mir einen Blick zu, für den das Wort „Hass“ noch viel zu milde ist. Mir läuft es kalt den Rücken herunter.

Birte hat es offenbar auch bemerkt. „Was ist denn in Emily gefahren?“, fragt sie in die Runde, als die Leute uns endlich in Ruhe lassen.

„Ja, hast du gesehen, wie sie Zoe angeschaut hat?“, ergänzt Janine.

„Wahrscheinlich ist sie sauer, weil ausnahmsweise mal nicht sie im Mittelpunkt steht“, vermutet Paulina.

„Oder sie ist eifersüchtig, weil Zoe jetzt drei Wochen lang Tag und Nacht mit dem ach so tollen Arpad zusammen sein darf?“, überlegt Janine laut. „Vielleicht wäre sie aber auch einfach nur gerne auch bei diesem Film dabei.“

„Oh ja.“ Paulina grinst. „Dann könnte sie sich nämlich Travis Lauter an den Hals werfen.“

Birte bekommt einen ganz verträumten Blick. „Ob du’s glaubst oder nicht: Das würde ich auch gerne machen …“

Die anderen kichern.

Nur mir ist immer noch nicht zum Lachen zumute.

„Wisst ihr, was? Vielleicht ist es ganz gut, dass ich ab morgen ein paar Tage weg bin“, erkläre ich meinen Freundinnen. „Dann laufe ich wenigstens Emily erst mal nicht mehr über den Weg.“

Kapitel 3

Neue Erfahrungen

Sanft holt mich der Gesang der Vögel aus dem Schlaf. Noch halb im Traum taste ich nach meiner Decke, um mich noch einmal einzukuscheln. Aber was ich zu fassen kriege, fühlt sich so ungewohnt an …

Verdutzt öffne ich die Augen und stelle fest, dass ich gar nicht in meinem Bett liege. Ich stecke in einem Schlafsack. Und der liegt in einem Zelt.

„Stimmt ja, wir sind auf Burg Greifenstein“, murmele ich.

Gestern Abend haben Arpad, Maja und ich unser Zelt mitten auf Favorys Weide aufgestellt. Auf der Wiese gleich nebenan steht mein Filou und ein bisschen weiter entfernt Bailador, Lászlós spanischer Hengst.

Heute werde ich zum ersten Mal bei den Dreharbeiten zusehen. Als mir das wieder bewusst wird, bin ich mit einem Schlag hellwach. Ich werfe einen Blick auf mein Handy. Aha, es ist erst zwanzig nach sechs. Da hätte ich bis zum Weckerklingeln noch zehn Minuten schlafen können. Das heißt: Der Wecker hätte nicht geklingelt, sondern gequakt wie eine Ente.

Aber egal, jetzt bin ich wach. Vorsichtig, um meine Freunde nicht zu wecken, stehe ich auf. Trotzdem kann ich nicht verhindern, dass dabei mein Schlafsack leise raschelt. Prompt erscheint eine weiße Pferdenase im Eingang des Zeltes.

Favory! Er schnuppert neugierig, dabei kriegt er wohl irgendwas in die Nase und schnaubt laut.

„Oh Mann, Maja, musst du dir unbedingt so laut die Nase putzen?“, brummt Arpad und stupst seine Schwester mit dem Ellbogen an.

Die fährt aus dem Schlaf, sieht mich aufrecht im Zelt stehen und hinter mir Favory, der jetzt seinen Kopf und seinen Hals in das Zelt geschoben hat und uns interessiert anschaut.

„Äh, Arpad, das war nicht ich, sondern Favory“, erklärt sie kichernd.

„Red keinen Blödsinn“, knurrt ihr Bruder. „Und nun lass mich endlich weiterschlafen.“

Aber wir haben unsere Rechnung ohne Favory gemacht. Der schiebt sich noch weiter in das Zelt hinein und beginnt, an Arpads Schlafsack zu knabbern.

„Au!“, brüllt Arpad und zieht die Beine an. Offenbar hat sein Pferd eine seiner Zehen erwischt.

Jetzt muss ich auch kichern.

„He, Favory, die Regisseurin braucht Arpad heute noch, und zwar heil und in einem Stück“, mahnt Maja und schiebt den Kopf des Lipizzaners energisch weg.

Seufzend richtet sich ihr Bruder auf. „Heute Morgen haben sich wohl alle gegen mich verschworen. Sogar mein Pferd. Am besten stehe ich sofort auf, sonst werde ich noch gefressen.“

Draußen erklingt ein klägliches Wiehern.

Filou. Er hat wohl mitgekriegt, dass es bei uns lebendig wird.

„Der will sein Frühstück haben“, stellt Maja fest.

„Oder er möchte mitlachen", vermute ich, drücke Favory aus dem Zelteingang hinaus und krabbele ins Freie. Doch dann halte ich inne.

Ist das schön! Die Sonne ist schon aufgegangen, aber der Himmel ist noch rosa gefärbt. Über mir leuchten die Dächer und die mächtigen Türme der Burg im ersten Sonnenlicht – das sieht total romantisch aus. Bei uns im trocken gelegten Burggraben hat sich Bodennebel gebildet, er umschlingt unser Zelt und die Beine meines Ponys, das ein paar Meter entfernt am Zaun wartet und mich aufmerksam beobachtet. Ein Stück weiter, im Nebel erst auf den zweiten Blick zu erkennen, weidet ein Reh.

Jetzt hat es mich bemerkt! Aber es hebt nur den Kopf und sieht mich prüfend an.

Ganz still hocke ich da, beobachte das schöne Tier und genieße diesen fast magischen Moment. Da gibt mir Favory einen Nasenstüber, der so fest ist, dass ich beinahe ins Gras geplumpst wäre; das Reh bekommt einen Schrecken und springt mit großen Sätzen davon.

Ich seufze leise, weil ich dem schönen Tier so gerne noch länger zugesehen hätte. Da stößt Filou schon wieder ein lang gezogenes Wiehern aus.

„Ja, ich weiß schon, ihr möchtet frühstücken", sage ich zu den Pferden. Dann rufe ich in Richtung Zelt: „He, ihr Schlafmützen, euer Pferd hat Hunger! Wenn ihr mir sagt, was Favory zum Frühstück bekommt, füttere ich ihn gleich mit."

„Eine Kelle Hafer und zwei Handvoll Pellets", nuschelt Arpad.

„Mein Bruder wird dir ewig dankbar sein", versichert Maja. „Er ist noch halb im Koma und durch deine tatkräftige Unterstützung darf er noch ein paar Minuten weiterdösen … Aua! Lass das!"

Ich wette, Arpad hat ihr einen kräftigen Rippenstoß versetzt.

Grinsend gehe ich zu Lászlós Geländewagen, in dessen Kofferraum die Futtersäcke untergebracht sind, und decke den Pferden den Frühstückstisch.

Eine Viertelstunde später habe ich mich umgezogen und gehe mit Zahnputzsachen, Duschbad und Handtuch bewaffnet hinauf in die Burg. Dort oben wohnt Ludwig Traugott, der supernette Hausmeister. Er hat uns nicht nur erlaubt, in seiner Wohnung zu duschen, wir kriegen bei ihm auch noch Frühstück. Herr Erdelyi darf sogar in seinem Gästezimmer schlafen.

Obwohl es so früh am Morgen ist, ist auf dem Burghof schon jede Menge los: Kulissen werden aufgebaut, technische Geräte auf ihre Funktionstüchtigkeit überprüft, Requisiten durch die Gegend geschleppt …

Dahinten ist Angelina Jones! Redend, gestikulierend und organisierend läuft sie über den Burghof. Ich erkenne sie sofort, weil ich mir letzte Woche ein paar Fotos von ihr im Internet angeschaut habe und ich mag sie auf Anhieb; sie hat so ein nettes Lächeln. Dabei würdigt sie mich keines Blickes. Wie mir Arpad und Maja gesagt haben, wird sich das in den nächsten drei Wochen auch nicht ändern. Nicht etwa, weil sie ein arroganter Typ ist, sondern weil sie ihre ganze Kraft in die Dreharbeiten stecken wird. Immerhin muss sie gleichzeitig gute Arbeit machen und den total durchgetakteten Drehplan einhalten. Für irgendwelche popeligen Statisten bleibt da keine Zeit.

Ob Travis Lauter auch schon hier ist?

Bei diesem Gedanken macht mein Herz einen Hüpfer und ich bekomme schwitzige Hände. Travis ist für viele Mädchen in meinem Alter das absolute Idol! Ich finde ihn auch toll, spätestens seit er in meiner Lieblingsserie diesen coolen Werwolf gespielt hat. Obwohl er erst 17 ist, ist er schon ein echter Weltstar.

Neugierig schaue ich mich überall um. Aber Travis Lauter ist weit und breit nicht zu sehen. Da fällt mir ein, dass er ja erst am Mittwoch, also morgen, ankommen soll.

Na gut, sage ich mir und setze mich wieder in Bewegung. Ich kriege ihn ganz bestimmt noch zu Gesicht. Vielleicht sogar ganz aus der Nähe.

Die Wohnung des Hausmeisters ist in einem großen Turm untergebracht. Ich brauche nicht zu klingeln, denn die Eingangstür ist nur angelehnt. Anklopfen muss ich auch nicht, weil ich von wildem Hundegebell begrüßt werde. Im nächsten Moment kommt Fafnir, Herrn Traugotts junger Mischlingshund, schwanzwedelnd angeschossen. Laut kläffend springt er an mir hoch, ich knie mich hin und streichele den Kleinen. Zum Dank leckt er mir hingebungsvoll die Hände, wobei er leider ab und zu spielerisch seine Zähnchen benutzt.

„Er ist erst vier Monate alt und braucht noch eine Menge Erziehung", hat Herr Traugott gestern Abend zu mir gesagt. „Außerdem war sein Vater ein Jack-Russel-Terrier und die haben jede Menge Temperament."

Als meine Hände genügend Kratzer abbekommen haben, stehe ich auf und gehe durch den Flur zur Küche, gefolgt von dem immer noch fröhlich an mir hochspringenden Hund. Herr Traugott deckt leise vor sich hinsummend den Tisch. Die Kaffeemaschine gluckert schon und verbreitet einen verführerischen Duft. Nun erst merke ich, dass ich richtig Hunger habe.

„Hallo!", begrüße ich unseren Gastgeber.

Lächelnd schaut er auf. „Guten Morgen. Hast du gut geschlafen?"

„Wunderbar. Es ist so schön da draußen. Ich hab eben sogar ein Reh gesehen", antworte ich. „Jetzt gehe ich schnell unter die Dusche, okay?"

„Jaja, mach nur. Ich brauche sowieso noch ein paar Minuten, bis der Tisch gedeckt ist und die Toasts und der Kaffee fertig sind. Oder trinkst du lieber Kakao? Und wie wär's mit einem Frühstücksei?"

„Kaffee ist gut. Und Eier esse ich gerne. Sie sind wirklich nett", erkläre ich.

Er lächelt noch breiter. „Aber sei bitte leise, Herr Erdelyi schläft noch. Kommen László, Maja und Arpad auch bald?"

„Keine Ahnung", erkläre ich. „Die waren eben noch im Halbschlaf und in Lászlós Zelt hat sich noch gar nichts geregt. Offenbar sind wir beiden die einzigen Frühaufsteher hier."

Er zuckt die Achseln. „Was mich betrifft, muss ich sagen:

Das bringt das Alter so mit sich. Aber als ich vierzehn war, wäre ich freiwillig nicht vor neun Uhr aufgestanden. So, und jetzt mach, dass du in die Dusche kommst. Sonst wird nachher dein Frühstücksei kalt."

„Alles klar, bis gleich", verabschiede ich mich und schleiche auf Zehenspitzen die Treppe hoch in den ersten Stock.

Gut zwei Stunden später, nach einem Megafrühstück, stehe ich in der Nähe von Burg Greifenstein auf einer frisch abgemähten Wiese, die die Filmgesellschaft für die Dreharbeiten gepachtet hat. Arpad longiert Favory, um ihn vor dem Reiten ein bisschen locker zu machen. Gleichzeitig wärmt László Bailador auf.

László wird im Film den „Bösen" doubeln, einen zwielichtigen Typen namens François d'Arnouville. Der ist ein unehelicher Bruder des jungen französischen Königs und will um jeden Preis die Macht in Frankreich an sich reißen. Dafür zettelt er sogar einen Bürgerkrieg an und entführt Prinzessin Héloise, die Verlobte des Königs, um sie selbst zu heiraten. Unglücklicherweise ist Jean-Philippe, der Sohn des legendären Musketiers d'Artagnan und eigentlicher Held des Films, heimlich in Héloise verliebt. Am Ende kriegen die beiden sich sogar!

Lászlós Hengst Bailador ist ein bildschöner Rappe und er macht sich wunderbar als Pferd eines gemeinen Fieslings. In einer Szene, die Ende der nächsten Woche abgedreht werden soll, werden sich László und Arpad ein wildes Degenduell zu Pferde liefern. Dafür müssen die beiden ab jetzt öfter morgens vor den Dreharbeiten üben.

Ich bin ein bisschen nervös. Sie kämpfen zwar mit stumpfen Waffen, genauer gesagt mit langen Reitgerten, trotzdem hab ich das Gefühl, dass das Ganze zu einer ziemlich wilden Nummer ausarten könnte. Sogar Arpads Vater, der es sich neben mir auf einem Baumstumpf gemütlich gemacht hat, wirkt angespannt. Außerdem kann ich sogar von meiner Position am Rande des „Kampfplatzes" aus deutlich sehen, dass Arpads Augen verräterisch leuchten. Dieses herausfordernde Blitzen kenne ich: Er ist in Kampflaune. Hoffentlich macht er keinen Blödsinn!

„Seid ihr so weit?", fragt László und bringt seinen Hengst zum Stehen.

„Ja klar", bestätigt Arpad, holt Favory zu sich, hakt die Longe los und bringt sie zu uns herüber. Dann springt er, ohne die Steigbügel zu benutzen, in den Sattel.

Mir klappt die Kinnlade herunter. Ich hab gar nicht gewusst, dass er so was kann. Und wie elegant das ausgesehen hat!

Fasziniert schaue ich ihm nach, wie er im Schritt in Richtung László reitet. Die beiden gehen in Stellung …

Ich kann nicht mal Luft holen, da galoppieren sie auch schon in vollem Tempo aufeinander zu, ihre Reitgerten hoch erhoben in der rechten Hand. Die Pferde sehen wunderschön aus, so kraftvoll und wild. Und ihre Reiter ebenfalls, die auf ihren Rücken sitzen, als wären sie mit ihnen verwachsen … Besonders Arpad. Selbst auf die Entfernung kann ich ihm deutlich ansehen, dass er sich von dem erfahrenen László nicht kleinkriegen lassen will. Er wirkt so entschlossen, dass ich mir absolut sicher bin: Er wird den Filmhelden ganz toll rüberbringen. Plötzlich kribbelt es mir in allen Gliedern.

Jetzt haben sie sich fast erreicht, zielsicher schwingt Arpad seine Gerte. Doch László weicht im letzten Moment aus und verpasst ihm einen Schlag auf den Rücken.

„Aua!“, ruft Arpad und Favory macht einen erschrockenen Hopser.

„He, wehtun ist unfair!“, hätte ich László am liebsten zugerufen. Doch im letzten Moment beiße ich mir auf die Lippen und halte den Mund. Wenn hier jemand was zu sagen hat, dann ist das ja wohl Herr Erdelyi. Der aber schweigt, auch wenn er seine linke Hand gerade zu einer Faust ballt.

„Du musst schneller reagieren“, ermahnt László seinen „Gegner“ und reitet eine große Volte, dann lässt er sein Pferd im Schritt gehen. „Wenn ich einen Degen benutzt hätte, lägest du jetzt schwer verletzt im Gras.“

Arpad blitzt ihn wütend an und reibt sich seinen malträtierten Rücken. „Vielen Dank auch! Mir hat’s so schon gereicht.“

„Versuchen wir’s noch mal?“, fordert ihn László gnadenlos auf.

„*Várj csak!* – Na warte!“, knurrt Arpad so leise, dass ich ihn nur höre, weil er gerade ganz nahe an mir vorbeireitet. Mir schwant Schlimmes.

„He, Vors…“, beginnt sein Vater. Aber der Rest des Satzes bleibt ihm in der Kehle stecken, denn Arpad galoppiert so plötzlich und in einem solchen Tempo los, dass die Erdklumpen nur so fliegen. Auch ich halte die Luft an.

Doch László hat mit so was gerechnet. Mit einem

herausfordernden Grinsen lässt er Bailador piaffieren, bis Arpad ihn fast erreicht hat, dann schießt der schwarze Andalusier plötzlich vorwärts und László verpasst Arpad einen zielsicheren Hieb auf die linke Schulter.

Ich schnappe nach Luft. Will László Arpad etwa absichtlich fertigmachen? Warum sagt Herr Erdelyi denn nichts dazu?

„In der Ruhe liegt die Kraft!“, ruft László gerade.

„Maga csúnya!“, antwortet Arpad wütend. Ich hab zwar nichts verstanden, trotzdem bin ich mir ziemlich sicher, dass er gerade seinem „Feind“ die Meinung gesagt hat.

„Finde ich gar nicht“, antwortet der. „Ich kämpfe doch mit einer stumpfen Waffe.“

„Also echt: László ist fies!“, zische ich. „Am liebsten würde ich ihn … Ich würde …“ Vor lauter Wut bleibt mir glatt die Stimme weg.

„Er ist nicht wirklich fies“, beruhigt mich Arpads Vater. „László hat von mir gelernt, wie man solche Zweikämpfe reitet. Ich bin damals auch nicht gerade zimperlich mit ihm umgesprungen. Später im Film soll es doch echt aussehen, da muss man auch mal ein paar blaue Flecken in Kauf nehmen.“

Arpad macht jetzt den Eindruck, als hätte ihn erst richtig der Ehrgeiz gepackt: Seine Augen sind noch schmaler geworden und sein Pupillen glimmen wie glühende Kohlen.

„Versuchen wir's noch mal?“, fragt er in einem geradezu besorgniserregend freundlichen Ton.

„Sehr gern“, grinst László.

Ich schicke ein Stoßgebet gen Himmel.

Wieder galoppieren die beiden aufeinander zu. Arpad scheint Lászlós Ratschlag zu beherzigen, denn er reitet deutlich langsamer als eben. Doch kurz bevor er seinen Gegner erreicht hat, schießt Favory plötzlich los wie der Blitz!

Darauf war László nicht vorbereitet; ein zischender Gertenhieb trifft ihn auf den Unterarm. „*Jaj!*“, ruft er erschrocken aus.

„Gut gemacht“, flüstere ich.

„Jippieeee!!!“ Triumphierend schwingt Arpad seine Gerte, galoppiert einen großen Halbkreis, lässt Favory dann Schritt gehen und fügt in spitzem Ton hinzu: „Zu ruhig ist aber auch nicht gut, oder?“

„*Te csaló*“, knurrt László. Ich hab keine Ahnung, was das bedeutet, aber es klingt nicht gerade freundlich.

Da wird es am Burgtor lebendig: Eine ganze Heerschar von Leuten bewegt sich die schmale Straße hinunter auf unsere Wiese zu.

„Heerschar“ ist wörtlich gemeint, denn das Filmteam hat fünfzig junge Männer aus den umliegenden Dörfern engagiert, damit sie die erste Massenszene dieser Dreharbeiten spielen: Der böse François hat eine Armee zusammengetrommelt und vor dem ersten Gefecht mit den Truppen des Königs hält er vor seinen Soldaten eine flammende Rede. Gerade marschiert sein Heer bewaffnet und in Uniform zum Burgtor hinaus, um auf der Wiese Aufstellung zu nehmen. Etwa zweihundert Meter von uns entfernt haben heute Morgen schon ein paar Leute Schienen aufgebaut. Darauf wird gleich die Kamera hin- und herfahren, um möglichst rasante Aufnahmen zu machen.

„Worauf wartest du?“ Die Stimme von Herrn Erdelyi reißt mich aus meinen Beobachtungen.

„Äh … was meinen Sie?“, frage ich verwirrt.

„Du willst doch deinen Filou an die Atmosphäre beim Film gewöhnen“, erinnert er mich. „Also los, hol ihn her! Eine bessere Gelegenheit findest du nie und nimmer.“

Ach ja! Das hätte ich echt ganz vergessen. Oder wohl eher verdrängt. Ich habe ja keine Ahnung, wie mein Pony gleich reagieren wird, und darum hab ich ein bisschen Angst. Na gut, sogar ein bisschen viel Angst, um ehrlich zu sein. Aber ich beiße tapfer die Zähne zusammen und gehe hinauf zum Burggraben, um Filou zu holen.

Er wiehert mir schon von Weitem zu. Kein Wunder, schließlich ist das arme Kerlchen im Moment ganz alleine. Da fühlt sich kein Pferd wohl. Ich ziehe ihm die Trense an, dann gehen wir los. Zu meinem Erstaunen kommt mir auf halbem Wege Arpad mit Favory entgegen.

„Warum bringst du dein Pferd denn jetzt schon auf die Weide? Ihr werdet doch gleich noch gebraucht“, frage ich.

„Eigentlich wollte ich euch abholen. Da unten ist auf einmal tierisch viel los“, antwortet er. „Und wenn Filou ein anderes Pferd bei sich hat, fürchtet er sich sicher viel weniger.“

Jetzt wird mir richtig mulmig. Wenn auch Arpad sich Gedanken macht, ist meine Angst wohl voll begründet. Aber es hilft alles nichts. Morgen hab ich meinen ersten Drehtag und wenn Filou sich bis dahin nicht wenigstens ein bisschen eingelebt hat, gibt es womöglich ein Desaster. Ich darf gar nicht daran denken!

„Danke, das ist echt nett von dir", sage ich. Langsam gehen wir weiter, um eine Kurve... Dann können wir unter uns die Wiese sehen. Sie ist voller Menschen: Statisten in Uniform, Bühnenbildner, Kostümschneider, Maskenbildner, Kameraleute, Tontechniker... und mittendrin steht Bailador mit László im Sattel. Verdutzt runzele ich die Stirn. Döst der etwa wirklich? Jedenfalls steht der Rappe ganz ruhig da und lässt entspannt den Kopf hängen. Nur sein Schweif bewegt sich, weil er ab und zu nach Fliegen schlägt. Währenddessen unterhält sich László mit der Regisseurin.

„László tut ja glatt so, als wäre Angelina Jones ein ganz normaler Mensch", rutscht es mir heraus.

Arpad grinst. „Das ist sie auch. Sie ist sogar ein sehr netter Mensch und kein bisschen eingebildet. Mit mir hat sie ja auch schon gesprochen."

Da bleibt Filou stehen. Mit gespitzten Ohren starrt er auf die Wiese, auf der die „Soldaten" gerade Aufstellung nehmen. Als jemand durch ein Megafon ein paar Anweisungen gibt, stößt mein Pony ein alarmiertes Prusten aus. Aber wenigstens versucht es nicht, die Flucht zu ergreifen – vielleicht, weil Favory ganz gelassen weitergeht und das Geschehen interessiert beobachtet.

Arpad bringt den Hengst zum Stehen. „Am besten bleiben wir erst mal hier und lassen Filou Zeit, sich an das Treiben da unten zu gewöhnen", schlägt er vor.

„Wenn du meinst", stimme ich unsicher zu.

„Ja klar", ermutigt er mich. „Meine Szene wird erst in zwei Stunden abgedreht. Wir haben sozusagen alle Zeit der Welt. Wenn ich mir Filou so ansehe, hat er auch gar keine so große Angst. Er weiß einfach nicht, was er mit dem anfangen soll, was er sieht. Trotzdem wäre ich an deiner Stelle vorsichtig. Wenn da unten plötzlich etwas Unerwartetes passiert, kriegt er garantiert einen Schrecken und macht einen Satz, ohne darüber nachzudenken, wo du gerade stehst. Also aufgepasst!"

Worauf du dich verlassen kannst, denke ich und mustere Filou aus den Augenwinkeln.

Angespannt, mit gespitzten Ohren und angehobenem Schweif steht er da und beobachtet, was in nicht allzu weiter Entfernung von ihm geschieht: wie die Statisten sich, von einem Regieassistenten mit erhobenen Armen dirigiert, zur Schlachtordnung formieren und wie die Kameraleute auf den Eisenbahnschienen hin und her fahren.

Währenddessen steht Favory am Rande des Weges und frisst Gras. Irgendwann hat auch mein Filou genug gesehen, denn er senkt den Kopf und fängt ebenfalls an zu fressen.

Arpad wartet noch ein bisschen ab, dann schaut er mich auffordernd an. „Wie ist es, tasten wir uns ein Stück weiter vor?" Als ich nicke, nimmt er den Strick seines Lipizzaners auf und geht uns voran. Aber Filou will ihm nicht folgen. Stocksteif bleibt er stehen und schlägt aufgeregt mit dem Schweif. Arpad bemerkt es. Ohne stehen zu bleiben, ruft er ihm zu: „Na komm!"

Unwillig schüttelt Filou den Kopf, doch dann setzt er sich tatsächlich in Bewegung. Offenbar ist es ihm doch lieber, ein Stück näher an diese eigenartige Menschenmenge zu gehen, als alleine hier oben stehen zu bleiben.

Auf der Wiese hat László sein Gespräch mit der Regisseurin

beendet und nimmt die Zügel auf. Bailador, der offenbar wirklich gedöst hat, reißt erschrocken den Kopf hoch. Lachend klopft ihm László den Hals, dann dirigiert er ihn mit einer leichten Verlagerung seines Oberkörpers zu der wartenden „Soldatentruppe".

Kurz darauf brüllt jemand so laut *„Action!"*, dass Filou entsetzt stehen bleibt. Wieder starrt er alarmiert auf die vielen Menschen, denen wir jetzt schon recht nahe gekommen sind.

Vor uns versetzt László seinen schwarzen Hengst in Galopp. Sein Gesicht leicht von der Kamera abgewandt, reitet er in rasendem Galopp auf die Soldaten zu; im letzten Moment bremst Bailador vor der Menschengruppe ab und steigt auf die Hinterbeine. Dann lässt László ihn noch ein paar Tritte machen – und schließlich stolz und hoch aufgerichtet auf der Stelle traben. Bailador geht eine lupenreine Piaffe!

Das sieht ja richtig dramatisch aus, stelle ich beeindruckt fest. Später im Film wird es natürlich so scheinen, als säße der Darsteller des bösen François auf Bailadors Rücken. Dann werden Millionen von Kinobesuchern denken: Mannomann, was kann der Schauspieler gut reiten! Eigentlich ist das unfair, finde ich.

„*Cut*", ruft jemand, László lässt seinem Pferd die Zügel lang und reitet es im Schritt zum Ausgangspunkt zurück.

„Das war toll! Die Szene war bestimmt voll gelungen", sage ich zu Arpad.

Der wiegt den Kopf. „Nicht ganz. Die erste Reihe der Soldaten ist ein bisschen zurückgewichen, als Bailador auf sie zugestürmt kam. Im Film würde das so wirken, als wären die aufständischen Soldaten allesamt Feiglinge und zu nichts zu gebrauchen. Ich bin mir ziemlich sicher, dass das Ganze wiederholt werden muss.“

Er wirft uns einen prüfenden Blick zu, dann grinst er. „Aber wir sollten jetzt keine Zeit verlieren und ein Stück weitergehen, solange der Regieassistent mit den Statisten ein ernstes Wörtchen redet.“

Was? Ja warum denn? Ich schaue Filou an und bemerke erst jetzt, dass er mit gesenktem Kopf dasteht und eifrig Gras frisst.

„Na dann ...“ Jetzt muss ich aber doch lachen.

Arpad marschiert los; Filou spitzt die Ohren, rupft noch ein letztes Büschel Gras ab und folgt Favory, ohne dass ich auch nur meinen Strick kürzer nehmen muss.

Als auf der Wiese wieder alles bereit ist und auf seinen Einsatz wartet, sind wir nur noch ungefähr fünfzig Meter vom Ort des Geschehens entfernt. Arpad gibt mir ein Zeichen, stehen zu bleiben, und hält Favory an.

„Action!“, erschallt es wieder und Filou reißt seinen Kopf hoch. Im nächsten Moment galoppiert Bailador los, auf die „Soldaten“ zu, die diesmal all ihren Mut zusammennehmen und mit steinernen Gesichtern wie festgefroren stehen bleiben. Wieder bremst der Hengst kurz vor ihnen ab und steigt auf die Hinterbeine, doch dabei rutscht er weg und lässt sich sofort wieder auf alle viere fallen.

„Cut!“

„Das muss wohl noch einmal wiederholt werden“, seufze ich, als László sein Pferd wendet und an den Ausgangspunkt zurückreitet.

„So was ist ganz normal. Vielleicht ist der Regisseur erst nach fünf-, sechs- oder siebenmal zufrieden“, erklärt Arpad.

„Armer Bailador! Immer wieder losrennen, steigen, piaffieren… Das muss ihm doch auf die Nerven gehen. Anstrengend ist es außerdem“, überlege ich laut.

„Der ist das gewohnt. Und wenn er wirklich nicht mehr kann, sagt László dem Team Bescheid und die machen eine Pause“, erklärt Arpad. Dann sieht er mich auffordernd an. „Aber bis die wieder drehen, können wir noch ein Stück näher herangehen.“

Stimmt eigentlich. Als Arpad losgeht, marschiert Filou, ohne zu zögern, hinter ihm und Favory her. Offenbar ist er sich inzwischen sicher, dass man ihm da vorne nicht an den Pelz gehen will.

Als alle wieder drehbereit sind, stehen wir so nahe am Geschehen, dass ich jedes Detail genau erkennen kann. Nicht weit entfernt warten ein paar Leute, die sich auf Englisch unterhalten und wohl auch irgendwie zum Drehteam dazugehören.

Neugierig schauen sie zu uns herüber.

„*Oh, but this is a sweet little pony!*“, ruft eine Frau aus der Gruppe. Den Satz verstehe ich sofort: Sie findet, Filou ist ein süßes kleines Pony. Da kann ich ihr nur zustimmen.

Die Frau kommt zu uns herüber, zaubert einen Apfel aus der Tasche ihres Sweatshirts und sieht mich fragend an. Als ich nicke, beißt sie ein Stück vom Apfel ab und hält es Filou hin. Er nimmt es ihr vorsichtig aus der Hand und als sie ihm auch noch ein zweites gibt, weiß ich: Jetzt muss hier schon eine Kanone losdonnern, bis mein Pony scheut und wegrennen will. Aber so ein Ding kann ich hier weit und breit nicht sehen.

Arpad, der mit Favory ein paar Schritte von uns entfernt stehen geblieben ist, denkt wohl das Gleiche, denn er nickt mir grinsend zu.

„*Action!*", schallt es schon wieder.

Filou hebt diesmal nur kurz den Kopf, dann stupst er freundlich die fremde Frau an, die ihm auch sofort das nächste Stück Apfel zusteckt.

Das läuft ja wunderbar. Ich bin total erleichtert. Hurra! Unser Einsatz als Statisten kann kommen! Eine riesengroße Freude macht sich in mir breit, am liebsten würde ich einen lauten Jubelschrei loslassen. Aber das käme, wie ich weiß, gar nicht gut.

Beim vierten Mal haben es László und Bailador endlich geschafft; die Szene ist im Kasten. Und schon werden die nächsten Aufnahmen vorbereitet: Der Kameramann wechselt seine Position und stellt sich hinter die Soldaten. László dagegen steigt vom Pferd und hält Bailador fest, während ein anderer Mann, der exakt das gleiche Kostüm trägt wie er, in den Sattel steigt.

„Uups! Der ist aber ungeschickt", flüstere ich Arpad zu. „Er zieht sich an Bailador hoch, als wäre er noch nie auf ein Pferd gestiegen. Und wie er jetzt im Sattel hockt… Der hat mit Sicherheit seit einer halben Ewigkeit nicht mehr auf einem Pferd gesessen."

Arpad zuckt die Achseln. „Oder er hat extra für diesen Film ein bisschen reiten gelernt, so nach dem Motto: Das Wichtigste in Kürze und den Rest machen die Stuntmen."

Ich muss kichern und drehe den Kopf weg, damit der Schauspieler auf Bailadors Rücken es nicht sehen kann. Gerade reitet er nämlich direkt auf uns zu.

Als er noch ein bisschen näher kommt, erkenne ich ihn. „He, das ist ja John Deacon, der spielt in ‚Vampire Report' mit. Ich hab ihn nur deshalb nicht sofort erkannt, weil er dieses Kostüm und einen Schnurrbart trägt und so stark geschminkt ist."

„Ja klar", bestätigt Arpad. „Er spielt mal wieder den zwielichtigen Typen, genau wie in der Serie."

Der Schauspieler wendet Bailador und reitet ihn in die Gegenrichtung.

Travis Lauter, Angelina Jones – was für tollen Typen ich hier begegne!, denke ich beeindruckt. Und John Deacon war ich fast auf Tuchfühlung nahe!

Arpad scheint meinen beeindruckten Gesichtsausdruck bemerkt zu haben, denn er stupst mich an. „Auch John Deacon ist nur ein ganz normaler Mensch. Das siehst du doch. Er hat ganz offensichtlich Angst vor Pferden."

Da hat er recht. So verkrampft, wie der Mann da im Sattel sitzt, fühlt er sich absolut nicht wohl. Nur gut, dass László neben Bailador tritt und dem Hengst beruhigend die Hand auf den Hals legt. Trotzdem: Der Rappe fühlt die Anspannung seines Reiters und schlägt immer wieder unruhig mit dem Schweif.

Jetzt redet László mit dem Schauspieler. Ich wette, dass er ihn gerade ermahnt, bloß nicht vor lauter Angst die Fersen in Bailadors Bauch zu pressen, weil der dann losschießt wie eine Rakete.

Die Regisseurin ruft den beiden etwas auf Englisch zu. John Deacon nickt und wendet Bailador so ungeschickt, dass der Rappe erschrocken den Kopf hochreißt. Ohne einen weiteren Kommentar nimmt László sein Pferd am Zügel und führt es zu den Soldaten hinüber. Dann tritt er ein paar Schritte zurück. Nun muss der arme John ganz alleine mit Bailador fertig werden.

„Wenn das mal gut geht", flüstere ich Arpad zu. Doch der zuckt nur die Achseln.

Da spüre ich einen leichten Ruck an Filous Führstrick und kriege einen Schrecken, weil ich mich erst jetzt wieder daran erinnere, dass er bei uns ist.

Oh Mann, Zoe, das darf dir nicht noch einmal passieren!, ermahne ich mich. Egal, wie beeindruckend dass hier alles ist, du musst auf dein Pony aufpassen!

Schnell werfe ich Filou einen Blick zu, doch mein Pony schaut nur neugierig auf das, was vor ihm passiert. Dann beginnt es gleich wieder mit der Amerikanerin zu schmusen, die ihm leise und liebevoll etwas zuflüstert.

Arpad gibt mir einen leichten Rippenstoß. Als ich zu ihm hinübersehe, wirft er mir einen bedeutungsvollen Blick zu, ganz nach dem Motto „Na, wer sagt's denn?".

Ohne die Hilfe von ihm und Favory, ohne ihre Zuversicht und diese Ruhe, die sie ausgestrahlt haben, hätte ich das nie so leicht geschafft, erkenne ich und flüstere Arpad ganz leise ein „Danke!" zu.

Da erklingt das *„Action!"*. Ich konzentriere mich wieder auf die Dreharbeiten und kann kaum glauben, was ich sehe!

John ist wie umgewandelt. Plötzlich sitzt er total aufrecht

und entspannt im Sattel. Ganz Herr der Lage, hält er seinen Soldaten eine flammende Rede, die sogar die faulste Schlafmütze vom Hocker gerissen hätte. Er wirkt tatsächlich so, als hätte er sein Leben lang nichts anderes getan, als im Sattel eines schönen schwarzen Hengstes zu sitzen, jederzeit bereit, seinen Degen zu ziehen und todesmutig den Kampf aufzunehmen.

László steht nur ein paar Meter entfernt und hält zwei lange Gerten in der Hand. Jetzt beginnt er, Bailador damit Zeichen zu geben. Daraufhin beugt der Hengst seinen muskulösen Nacken, beginnt wieder zu piaffieren und trabt auf der Stelle wie ein Dressurpferd bei einem Olympia-Wettbewerb! John scheint das nicht im Geringsten zu beeindrucken. Mit stolzem Blick sitzt er im Sattel, buchstäblich wie der zukünftige König von Frankreich; eine Hand hält den durchhängenden Zügel seines edlen Rappen. Im Kino wird kein einziger Zuschauer auf die Idee kommen, dass er in Wirklichkeit total verunsichert ist.

„Wie macht er das bloß?“, frage ich Arpad, nachdem das „*Cut!*“ ertönt ist.

Der grinst. „Na hör mal, er ist Schauspieler. Die sind Meister der Illusion.“

„Red keinen Blödsinn!“, ermahne ich ihn.

„Mach ich doch gar nicht“, protestiert er. „Ich kenne Schauspieler, die sind privat die nettesten Leute. Aber wenn sie einen Fiesling spielen, mutieren sie vor der Kamera zu solchen Ekeln, dass selbst ich sie hasse, weil ich vergessen habe, wer sie in Wirklichkeit sind. Wetten, John hat die ganze Zeit über eine Heidenangst gehabt? Aber die hat er im wahrsten Sinne des Wortes überspielt. Schau ihn dir jetzt doch mal an!“

Ich schaue zu Bailador hinüber. László hält sein Pferd wieder am Zügel. Obendrauf hockt John Deacon und macht ein derartig erleichtertes Gesicht, dass ich grinsen muss.

„Tja, ein Schauspieler muss halt auch mit so was klarkommen“, stellt Arpad fest.

Auf ein Zeichen des Regieassistenten gehen alle wieder in Position, und noch bevor der Ruf „*Action!*“ ertönt, wird John wieder zum selbstsicheren General.

Unfassbar, wie der Mann das hinkriegt, denke ich bewundernd. Ich bin echt froh, dass ich das alles mal mitbekomme. Dass ich in diesem Film sogar mitspielen kann, ist wirklich das Allergrößte!

In den letzten Jahren hab ich immer wieder für den einen oder anderen Schauspieler geschwärmt. Aber jetzt wird mir langsam klar, dass diese Leute gar keine so tollen Typen sind. Sie haben nur die erstaunliche Fähigkeit, in wirklich jeder Situation den strahlenden Prinzen zu spielen.

Am Wochenende muss ich das unbedingt meinen Freundinnen erzählen. Vielleicht schaffe ich es bis dahin, ein paar Autogrammkarten von John Deacon abzustauben, wenn ich ihn mal zu packen kriege. Eine davon werde ich mir auf jeden Fall ans Bett hängen – nicht weil ich ihn so toll finde, sondern als Erinnerung an die Dreharbeiten.

Bailador muss sage und schreibe sechsmal vor den Soldaten piaffieren, dann ist Angelina Jones endlich zufrieden. Auf dem Hals den Hengstes glänzt der Schweiß und er lässt müde den Kopf hängen, als László ihm den Sattelgurt lockert und ihn zum Abkühlen hin und her führt. Aber John ist noch viel fertiger als sein Pferd. Mit sichtbar weichen Knien wankt er vom Platz und sinkt auf einen Baumstumpf. Als László mit Bailador an ihm vorbeikommt, legt er ihm mitfühlend seine Hand auf die Schulter und der Schauspieler grinst schief.

Die Filmcrew kennt dagegen keine Pause. Man gruppiert die Soldaten um, die Kamera wechselt wieder ihre Position und ein paar große Tannenäste werden als Requisiten in den Boden gerammt. Nun ist Arpad an der Reihe: Hinter einer der „Tannen" versteckt soll er als Jean-Philippe d'Artagnan die flammende Rede von László alias François d'Arnouville beobachten. Filou und ich stehen immer noch dabei, mit Erlaubnis des ersten Regieassistenten diesmal sogar ziemlich nahe am Ort des Geschehens. Aber auch das nimmt mein guter Filou inzwischen gelassen. Einerseits liegt das sicher daran, dass er sich alles lange genug aus der Ferne anschauen durfte. Andererseits ist die nette Amerikanerin der Grund, die, wie ich inzwischen weiß, Eileen Miller heißt und als Kostümbildnerin arbeitet. Sie hat an Filou regelrecht einen Narren gefressen, denn sie steht immer noch neben ihm und scheint fest entschlossen zu sein, mein „*sweet little pony*" nach Strich und Faden zu verwöhnen. Sie hat schon ihren ganzen Pausenapfel an ihn verfüttert und jetzt hat sie irgendwo ein paar Möhren aufgetrieben, die sie ihm in mundgerechten Stücken hinhält. Solange sie ihm keinen Zucker und keine Süßigkeiten gibt, habe ich nichts dagegen, denn sie trägt stark dazu bei, dass Filou sich hier trotz allem Neuen und Unbekannten gut aufgehoben fühlt.

Und ich bin gespannt auf Arpads ersten Einsatz …

Kapitel 4

Ein fantastischer Plan

Bald geht's los! Arpad trägt schon sein Kostüm: eine Lederhose und hohe Stiefel, ein helles Leinenhemd mit weiten Ärmeln und darüber eine lange braune Weste, außerdem einen Gürtel, an dem ein Futteral mit einem Degen hängt. Gerade setzt ihm die oberste Kostümbildnerin eine langhaarige dunkle Perücke auf, darüber kommt ein breitkrempiger Hut. Den zieht sie ihm extra tief in die Stirn, damit die Zuschauer nicht merken, dass auf der Leinwand gar nicht Travis Lauter mit seinem Pferd hinter den Tannen herumschleicht, sondern sein Double.

Ein paar Meter von mir entfernt lehnt Herr Erdelyi an einer Birke. Maja steht neben ihm; sie hat den frühen Morgen genutzt, um sich ein bisschen im Dorf Greifenstein umzusehen und das Abendessen für uns einzukaufen. Aber jetzt, wo ihr Bruder an der Reihe ist, will sie unbedingt dabei sein. Sie hält den dösenden Favory am Zügel, der auch ein bisschen verkleidet ist: Er trägt ein mit prachtvollen Metallbeschlägen geschmücktes Zaumzeug, einen hohen, schweren Sattel und darunter eine golddurchwirkte Satteldecke. Man hat ihn sogar geschminkt, nämlich sein Fell mit Glanzspray eingesprüht und seine Augen und Nüstern mit einer leuchtenden Paste eingerieben. Dadurch sieht er noch edler und eleganter aus als sonst.

Jetzt tritt die Kostümbildnerin einen Schritt zurück, betrachtet Arpad noch einmal kritisch und gibt dem Regieteam ein Zeichen. Es kann losgehen!

Arpad holt sich sein Pferd und geht in Position. Ich bin so gespannt, dass ich meine beiden Fäuste balle.

„*Action!*", ruft jemand und Arpad legt los: Vor dem Hintergrund der Soldaten, die immer noch in Reih und Glied auf der Wiese stehen, während László im Schritt vor ihnen auf und ab reitet, schleicht er mit katzenhaften Bewegungen hinter den Tannenästen an die Soldaten heran. Favory folgt ihm mit gespitzten Ohren; ganz vorsichtig setzt er einen Huf vor den anderen. Es sieht glatt so aus, als würde er Arpad imitieren, jedenfalls weiß er genau, dass es jetzt auf ihn ankommt.

Dann kniet Arpad sich hin und Favory bleibt ohne sichtbare Aufforderung neben ihm stehen.

Was für ein tolles Pferd Favory doch ist, denke ich bewundernd.

Das „*Cut!*" ertönt und alle gehen wieder zu ihren Ausgangspunkten zurück. Angelina Jones spricht ein paar Sätze mit Arpad, der nickt und alles geht von vorne los.

Die Aufnahme wird viermal wiederholt, doch die Regisseurin ist immer noch nicht zufrieden. Arpad hat aber auch wirklich Pech: Beim zweiten Anlauf verfängt sich sein Hut in den Tannenästen, beim dritten Mal stolpert Favory und beim vierten Versuch tritt Arpad auf einen Ast, der mit lautem Krachen zerbricht. Auch beim vierten Mal ist anscheinend irgendwas schiefgegangen, obwohl ich nicht mitkriege, was das gewesen sein soll.

Ich habe nicht die geringste Ahnung, wie es Arpad schafft, jedes Mal voll konzentriert in der gleichen angespannten Weise an den Tannen entlangzuschleichen, ganz so, als würde er gerade wirklich sein Leben riskieren. Und dass Favory ihm immer mit derselben ruhigen, aufmerksamen Haltung folgt, ist beinahe unglaublich.

Herr Erdelyi und Maja sehen den beiden gespannt bei der Arbeit zu. Und Filou hat sich jetzt restlos eingelebt. Tiefenentspannt steht er neben mir am Rande der Menschentraube und frisst Gras; wenn jemand „*Action!*“ oder „*Cut!*“ ruft, zuckt er nur noch mit den Ohren.

Ob wir morgen auch x-mal das Gleiche machen müssen, so wie Arpad und Favory? Die beiden gehen gerade wieder zum Ausgangspunkt zurück.

Als das Kommando „*Action!*“ ertönt, drücke ich ihnen fest die Daumen. Und diesmal scheint es tatsächlich zu klappen: Arpad schleicht hinter den Tannen vorbei, er bückt sich, um zwischen den Ästen hindurchzuspähen … und Favory legt seinen Kopf auf Arpads Schulter und schaut mit gespitzten Ohren zu den Soldaten hinüber.

Wie süß!, denke ich. Diesmal funktioniert's bestimmt. Besser kann es sich die Regisseurin doch gar nicht wünschen.

Da stößt Filou neben mir ein lautes Schnauben aus.

Oh nein, mein Pony hat die Aufnahme versaut! Wahrscheinlich sind die Filmleute jetzt stinkesauer und schicken uns weg.

Aber Arpad behält die Nerven. Er legt Favory die Hand auf die Nüstern und flüstert „Schhhhh!“. Dann konzentriert er sich wieder auf das Beobachten.

„*Cut!*", erklingt es wenig später … und Angelina Jones wendet sich mir zu.

Vor Schreck gefriere ich zu Eis. Aber sie scheint gar nicht böse zu sein, im Gegenteil: Sie grinst breit. Dann sagt sie etwas auf Englisch, das ich nicht ganz verstehe. Herr Erdelyi übersetzt: „Sie sagt, dass diesmal alles super gepasst hat und dass Filous Schnauben und Arpads geistesgegenwärtige Reaktion der Szene zusätzlich Spannung verleihen."

Ich schenke der weltberühmten Regisseurin ein schüchternes Lächeln. Sie zwinkert mir zu, dann wendet sie sich wieder ihrem Team zu. Und ich entschließe mich, Filou zurück auf seine Weide zu bringen. Schon um dem Risiko zu entgehen, dass er in der nächsten Szene wieder ungebeten dazwischenfunkt.

Als ich ihn wegführen will, kommt die nette Kostümbildnerin noch einmal zu mir. Herr Erdelyi übersetzt wieder: „Sie freut sich, dass du und Filou heute schon hier seid. Und sie möchte, dass ihr beiden jetzt mit ihr in den Burghof kommt. Dort kann sie deinem süßen Pony schon mal den Sattel anprobieren und anschließend darfst du dein Hofdamenkleid anziehen."

Alles klar. Ich lächele Eileen Miller zu und gemeinsam gehen wir zur Burg hinauf. Dabei unterhalten wir uns mit Händen und Füßen und ein paar englischen Worten. Das klappt ganz gut; ich verstehe sogar, dass ich Eileen zu ihr sagen darf.

Zum Glück machen die Kulissenarbeiter gerade Mittagspause, als wir in den Burghof kommen. Darum hat Filou überhaupt keinen Grund, sich über irgendwelchen Krach und Durcheinander aufzuregen. Ohne mit der Wimper zu zucken, tapst er neben mir her, bleibt brav vor der Treppe zum Rittersaal stehen und sieht sich neugierig um.

Als Eileen mit einem Sattel und einer darübergehängten Trense über dem Arm zu uns kommt, mache ich große Augen: Filous Ausrüstung ist genauso prachtvoll wie die von Favory! Der Sattel ist tief wie ein Sessel, hat schwere, silbern glänzende Steigbügel und eine dicke dunkelgrüne Satteldecke, die mit goldenen Blumenranken bestickt ist. Die Trense, die darüberhängt, ist mit Unmengen goldener Beschläge geschmückt.

„Ist das wirklich für mein Pony?“, entfährt es mir.

Eileen kann zwar kein Wort Deutsch, aber sie hat mich offenbar trotzdem verstanden, denn sie erklärt mir strahlend: *„You and Filou play, after all, the maid of honour of a princess and her horse.“*

Ich lächele sie an, denn irgendwie hab ich mitgekriegt, dass sie gesagt hat, wir würden immerhin zum Hofstaat einer Prinzessin gehören oder so ähnlich. Gleichzeitig läuft mir ein warmer Schauer über den Rücken. Wie Filou wohl mit dem prachtvollen Sattelzeug aussieht? Ob es ihm überhaupt passt?

Fasziniert beobachte ich, wie Eileen erstaunlich kenntnisreich den Sattel auf Filous Rücken legt. Für eine Weile verändert sie an allen möglichen Stellen etwas daran. Dann zieht sie meinem Pony die Trense an, schnallt noch ein bisschen am Kopfstück herum, geht ein paar Schritte rückwärts und schaut sich ihr Werk an. *„That fits!“*, stellt sie dann zufrieden fest.

Tatsächlich, sogar der Sattel sitzt. Ich hab keine Ahnung, wie die Kostümbildner das auf Anhieb hingekriegt haben. Na gut, das ist wohl ein Theatersattel; er sieht total flexibel aus und man kann ihn an allen Ecken und Enden verstellen. Trotzdem…

Und was so eine prachtvolle Ausrüstung ausmacht! Mein rundliches, altes Pony wirkt jetzt wie ein Schlachtross auf einem alten Gemälde. Filou macht glatt den Eindruck, als sei er um zehn Zentimeter gewachsen. Mit erhobenem Kopf, gespitzten Ohren und leuchtenden Augen steht er da; sicherlich hat er gemerkt, dass wir ihn bewundern.

Ich gebe Eileen die Zügel, ziehe mein Handy aus der Tasche und mache Fotos von meinem schönen Pony. Die verschicke ich sofort an Mama und an meine Freundinnen. Und nächstes Wochenende werde ich sie im Reitstall herumzeigen. Wetten, dass dann sogar Emily sich ihre üblichen hochmütigen Kommentare über mein „dickes, altes Pony" verkneift?

Ich mache das Daumen hoch Zeichen in Eileens Richtung und sie nickt mir lächelnd zu. Dann satteln wir Filou wieder ab. Als ich seinen Strick aufnehme, um ihn auf die Weide zu bringen, macht sie mir mit Händen und Füßen und ein paar englischen Worten klar, dass ich danach bitte gleich wieder zu ihr zurückkommen und mein Kostüm anprobieren soll. Ich nicke und mache mich mit meinem Pony auf den Weg. Aber mein Herz klopft ziemlich heftig. Wie mein Kleid wohl aussieht? Was ist, wenn es mir gar nicht steht?

Ich hätte nicht gedacht, dass ich es schaffen würde, die

lange, steile Straße zur Burg ohne Pause hinaufzurennen. Als ich schnaufend im Rittersaal ankomme, hält mir Eileen ein langes dunkelgrünes Kleid mit silbrig glänzenden Stickereien und weißen Rüschen an den Ärmeln vor die Nase.

„Meins?“, frage ich ungläubig und zeige auf mich. Sie nickt und hilft mir beim Anziehen.

Das Kleid hat einen versteckten Gummizug an der Taille und kann an ein paar anderen Stellen verändert werden. Es passt mir auf Anhieb. Als Eileen mir auch noch ein wunderschönes silbrig glänzendes Geschmeide mit grünen Steinen um den Hals legt, mir passende Ohrringe anlegt und mich vor den Spiegel schiebt, mache ich große Augen.

Eben hab ich noch ein fleckiges T-Shirt, verwaschene Jeans und schmutzige Turnschuhe getragen. Und jetzt …? Bin das wirklich ich?

Ich möchte gar nicht aufhören, mich vor dem Spiegel hin und her zu drehen. Eileen hat viel Geduld. Doch irgendwann macht sie mir mit ein paar Worten und Handzeichen klar, dass sie sehr zufrieden ist, erst recht, weil ich morgen ja auch noch geschminkt werde.

Ja, morgen … Mein erster großer Auftritt! Wie das wohl wird?

Das Geräusch von Schritten reißt mich aus meinen Gedanken. Im Spiegel sehe ich, dass Arpad hereingekommen ist.

Was hat er denn? Er macht ein Gesicht, als wäre er einem Gespenst begegnet, und merkt nicht einmal, dass Eileen ihm einen amüsierten Blick zuwirft. Wie im Traum tut er noch einen Schritt, rutscht dabei auf meiner am Boden liegenden Jeans aus und wäre auf die Nase gefallen, wenn er sich nicht im letzten Moment an einem schweren Ständer voller Kostüme festgehalten hätte.

Tja, Arpad, so hast du mich noch nie gesehen, denke ich. Mit Mühe verkneife ich mir ein Grinsen und frage betont gelassen: „Was liegt an?“

„Die … also, die sind mit ihren Dreharbeiten fertig“, beginnt er. „Gerade kriegen die Schauspieler und das Regieteam im Burgkeller-Restaurant ihr Mittagessen. In einer Viertelstunde sind wir Stuntmen und die Tontechniker und Kameraleute dran. Eigentlich kommen die Statisten erst danach an die Reihe; es sind heute ja auch ziemlich viele. Aber ich hab nachgefragt, du darfst mit uns mitkommen. Also, wie sieht's aus?“

„Super. Ich hab einen Mordshunger“, erkläre ich.

Bald darauf stehe ich an der Essensausgabe mit Arpad und László in einer langen Schlange. Neugierig beobachte ich John Deacon, der noch mit einem bildschönen dunkelhaarigen Mädchen am Tisch sitzt und diskutiert.

Hat Birte nicht erst vor ein paar Wochen gesagt, dass sie John total cool findet und keine Folge seiner Vampir-Serie verpasst?, überlege ich. Da verschweige ich ihr wohl besser, dass er bei den Reiterszenen eine Höllenangst gehabt hat. Soll ich vielleicht ein Foto von ihm machen und es ihr gleich schicken …? Nein, besser nicht. Wenn er das bemerkt, ist das ziemlich peinlich. Aber ein Autogramm muss ich auf jeden Fall für Birte besorgen. Bloß: Wie kriege ich das hin? Ich kann doch nicht zu ihm an den Tisch gehen und einfach nachfragen. Das käme auch wirklich nicht gut. Okay, ich bin erst den zweiten Tag hier. Kommt Zeit, kommt Rat – und bestimmt auch Autogramm.

Von hinten gibt mir Arpad einen leichten Schubs, weil es in der Schlange wieder ein bisschen vorangeht. Kurz darauf bin ich an der Reihe und staube ein Tablett mit Spaghetti Bolognese, Salat und Schokopudding ab. Das mag ich richtig gern. Allerdings bin ich inzwischen so hungrig, dass ich sowieso fast alles essen würde.

Arpad und ich gehen zu dem Tisch, an dem schon Maja, Herr Erdelyi und László sitzen.

„Und du sagst, er kann einigermaßen reiten?", fragt Arpads Vater gerade in Richtung László.

„Für einen Schauspieler sogar ganz ordentlich, heißt es", antwortet der, bevor er sich eine Gabel Spaghetti in den Mund steckt.

„Na also", freut sich Arpad und lässt sich neben mich auf einen Stuhl sinken. „Sonst würde mir der arme Favory auch leidtun."

„Das muss er gar nicht", beruhigt ihn sein Vater. „Bailador sah eben auch nicht so aus, als würde er unter John leiden. So, wie seine Augen geblitzt haben, hat er sich eher ein bisschen über ihn amüsiert. Leider haben Pferdegesichter ja keine Mimik, sonst würden wir es genau wissen."

„Ich glaube trotzdem, dass du recht hast, Attila", nuschelt László mit vollem Mund.

„Wer soll hier einigermaßen reiten können?", frage ich Maja leise.

Die nimmt einen Schluck Limo, dann antwortet sie:

„Travis Lauter. Der kommt heute Abend hier an. Und morgen hat er seine erste Szene mit Favory."

„Echt?" Für einen Moment vergesse ich die Spaghetti und sogar den Schokopudding.

„He, mach den Mund zu, sonst zieht's da noch rein", grinst Arpad.

Ich werde dunkelrot und werfe ihm einen wütenden Blick zu.

„Mann, Arpad, du bist ja so was von oberpeinlich", schnauzt seine Schwester.

Doch Arpad tut, als hätte er sie nicht gehört, und konzentriert sich wieder auf seine Spaghetti.

Genau das mache ich jetzt auch. Dabei muss ich die ganze Zeit über an Travis Lauter denken. Wie stark und unheimlich er als Werwolf gewirkt hat! Aber vielleicht ist er in Wirklichkeit ganz anders. Wenn ich daran denke, wie sich John eben auf Favorys Rücken buchstäblich verwandelt hat, sobald die Kamera eingeschaltet war … Na, morgen werde ich es wissen.

Kapitel 5

Eine wichtige Erkenntnis

Ihr müsst Schluss machen!“, ermahnt Herr Erdelyi László und Arpad. „In einer halben Stunde sollt ihr schon zum Schminken im Burghof sein. Du und Filou übrigens auch, Zoe.“

Oh Schreck! Nur noch dreißig Minuten? Das ist nicht mehr viel Zeit. Ich renne los, um mein Pony zu holen. Wenigstens hab ich es eben schon gründlich geputzt. Hoffentlich hat es sich in der Zwischenzeit bloß nicht gewälzt!

Es ist Mittwochmorgen und gerade haben Arpad und László wieder für den Zweikampf zu Pferd geübt. Ich musste wieder ein paarmal die Luft anhalten. Aber ich muss auch zugeben: Arpad lernt erstaunlich schnell! Diesmal hat er es zweimal geschafft, seinem Gegner einen Schlag mit der Gerte zu verpassen. Zum Dank hat er allerdings auch vier Hiebe eingesteckt. Aber das hat er mit Fassung getragen. Und er hat wieder ganz toll ausgesehen.

Ich hab Glück, Filou sieht noch genauso blitzblank aus wie eben. „Braver Junge!“, lobe ich ihn und hake den Führstrick in seinem Halfter ein.

Das ist jetzt wirklich und wahrhaftig mein erster Drehtag, sage ich mir, als wir die Straße zur Burg hinaufgehen, und mein Herz klopft sicher nicht nur so stark, weil der Weg so steil ist.

Schon von Weitem sehe ich, dass im Burghof jede Menge Menschen herumlaufen. Darum lasse ich Filou einen Moment Zeit, bevor wir durch das Tor gehen. Spätestens als Eileen aus dem Pallas kommt und ein fröhliches „*Hello!*“ in unsere Richtung ruft, ist das Eis gebrochen; Filou marschiert mit schnellen Schritten zu ihr hinüber.

Dass Eileen ihm wieder eine Möhre mitgebracht hat, wundert mich überhaupt nicht. Während sie ihn füttert und streichelt, schaue ich mich um und sehe, dass Angelina Jones nur ein paar Meter von uns entfernt steht. Sie unterhält sich mit László, John Deacon, Arpad und …

Nein, ich hab mich nicht verguckt, zwischen den dreien steht wirklich *er*: Travis Lauter, der große Schwarm sämtlicher weiblicher Wesen unter zwanzig. Ob er in Wirklichkeit auch so cool und geheimnisvoll ist wie in seiner Rolle als Werwolf? Mein Herz schlägt einen Trommelwirbel, meine Hände werden feucht und ich inspiziere ihn aufs Allergenaueste.

Er ist kleiner, als ich gedacht hatte. Aber er wirkt genauso sportlich wie im Kino. Jetzt lächelt er sogar …

„*Hello! Are you ready?*“ Eileens Stimme reißt mich aus meinen Träumen. Nun erst wird mir klar, dass ich Travis Lauter angestarrt habe wie eine Erscheinung. Oh nein! Hoffentlich hat er das bloß nicht mitgekriegt. Und Arpad … Wenn der das gemerkt hat, kriege ich nachher ganz schön was zu hören.

Ich werfe den beiden noch einen Blick zu. Aber sie sind in ihr Gespräch mit der Regisseurin vertieft und haben vermutlich nicht mal registriert, dass ich da bin. Uff!

Erleichtert nehme ich Filous Führstrick kürzer und lasse mich von Eileen zum Schminken und Zurechtmachen abschleppen.

Eine Dreiviertelstunde später sitze ich in meinem schicken langen Kleid auf Filous Rücken. Eileen hat mein Pony noch viel schöner hingekriegt als mich: Sie hat es mit Glanzspray eingesprüht und seine Mähne und seinen Schweif mit bunten Bändern verflochten. Ganz sicher weiß Filou, wie schön er ist, denn er wölbt seinen Hals und schreitet hinter den Kameraleuten, Statisten und Schauspielern her wie ein edles Schlachtross.

Am Waldrand spielt Arpad schon seine erste Szene an diesem Tag. Bereits von Weitem kann ich sehen, wie er mit Favory in gestrecktem Galopp einen Feldweg entlangreitet. Dann hält er an, wendet sein Pferd, reitet wieder zum Ausgangspunkt zurück und legt von vorne los.

Favory muss heute ganz schön was leisten, denke ich. Eben erst hat er mit László und Bailador das Kämpfen geübt und jetzt muss er gleich wieder richtig ran.

Schon oben auf der Burg habe ich Sonja Stroben kennengelernt. Sie ist eine sehr nette deutsche Stuntwoman und doubelt die Prinzessin. Ihr Stuntpferd ist ein Quarter-Horse-Wallach namens Xingaro, ein ganz lieber Palomino mit langer weißer Mähne und weißem Schweif. Er und Filou waren sich sofort sympathisch und jetzt gehen sie mit ein paar Metern Abstand nebeneinanderher, als würden sie sich schon ewig kennen.

Xingaro ist höchstens fünfzehn Zentimeter größer als

Filou; überhaupt passen die beiden auch optisch wunderbar zusammen. Wahrscheinlich war das ein weiterer Grund dafür, dass die Casting-Direktorin ausgerechnet mich als Statistin für die Hofdame ausgesucht hat.

Wie auch immer, heute geht es für Sonja und mich darum, ein paar Szenen zu spielen, in denen der Held Jean-Philippe d'Artagnan die Prinzessin vor einem Überfall von François d'Arnouville warnt. Sonja und ich sollen, begleitet von ein paar Wächtern zu Fuß, über eine Anhöhe in Richtung Wald reiten. Dort wird Arpad im Galopp auf uns zukommen und kurz vor uns abbremsen. Gleich ist es so weit! Gleich hab ich meinen ersten Auftritt beim Film und in ungefähr einem Jahr werden mich Millionen von Zuschauern auf der ganzen Welt auf der Leinwand bewundern.

Ich kann es immer noch kaum glauben. Und ich bin ganz fürchterlich nervös. Was ist, wenn Filou vor laufender Kamera stolpert und ich mitsamt meinem teuren Kostüm im Dreck lande? Dann muss das Kleid erst mal gereinigt werden, die Dreharbeiten für diese Szene werden verschoben – und ich bin an allem schuld! Nicht auszudenken …

Cool bleiben, Zoe! Je nervöser du bist, umso aufgeregter wird Filou und umso schneller passiert euch wirklich etwas. Außerdem: Jeder kann vor der Kamera vom Pferd fallen, sogar László, obwohl er ein absoluter Profi ist, versuche ich, mich selbst zu beruhigen.

Wenigstens muss ich während der Dreharbeiten nicht im Damensattel reiten! Weil die Aufnahmen von mir aus großer Entfernung gemacht werden und mein langes Kleid bis über die Steigbügel hängt, hat Angelina Jones gemeint, niemand würde es bemerken, wenn ich ganz normal im Sattel sitze.

Wenige Hundert Meter von uns entfernt galoppieren Arpad und Favory noch einmal los, keine Ahnung zum wievielten Mal. In rasendem Tempo jagen sie am Waldrand entlang, Erde und Steine fliegen unter den Hufen des Hengstes auf.

Fasziniert beobachte ich die beiden. Arpad wirkt in seinem Musketier-Kostüm total furchtlos und verwegen. Favory ist nass geschwitzt, aber dadurch kommt die Szene im fertigen Film sicher noch dramatischer rüber.

Diesmal ist die Regisseurin endlich zufrieden. Arpad lässt seinem Pferd die Zügel lang und streichelt ihm über den Hals, dann sieht er uns, hält inne und macht große Augen.

„Eileen hat Filou super hingekriegt, oder?“, rufe ich ihm stolz zu.

Er kommt mit Favory ein bisschen näher. „Du siehst aber auch nicht schlecht aus. Allerdings, hmm … ein bisschen fremd wirkst du schon. Ganz anders als in T-Shirt und Reithose.“

Ich grinse ihn an.

Anne Davenport, die zweite Regieassistentin, winkt Sonja und mich zu sich und erklärt uns, was wir machen sollen. Aber mein Herz klopft so laut, dass ich sie nur mit Mühe verstehen kann. Offenbar merkt Sonja, wie ich mich fühle, denn sie zwinkert mir aufmunternd zu.

Ihre Freundlichkeit gibt mir ein bisschen Sicherheit zurück. Ich reite hinter ihr her an unseren Ausgangspunkt, wir nehmen Aufstellung und dann heißt es auch schon: „*Action!*"

Xingaro trabt an und Filou folgt ihm, ohne dass ich meine Fersen in seinen runden Bauch drücken muss. In flottem Tempo geht es über den Hügel. Ich gebe mir alle Mühe, mich nur auf mein Pony zu konzentrieren, und Filou macht ganz toll mit. Er hat wohl genau kapiert, wie wichtig sein Auftritt ist. Anscheinend will er auch nicht vor der „Prinzessin" und ihrem prachtvollen Palomino zurückstehen, jedenfalls zuckelt er nicht wie sonst im Trab gemütlich dahin, sondern hebt seine Beine und beugt seinen Hals, als wolle er auf seine alten Tage noch einen Schönheitswettbewerb gewinnen. Plötzlich fällt es mir ganz leicht, gerade, aber locker im Sattel zu sitzen, während die Soldaten in ein paar Metern Entfernung neben uns herjoggen.

Ehe ich michs versehe, ertönt schon das „*Cut!*" und wir reiten im Schritt zum Ausgangspunkt zurück. Eileen richtet Sonjas Kostüm und bindet eine Schleife in Filous Mähne neu, dann geht es wieder los.

Aus meiner Sicht klappt auch diesmal alles wie am Schnürchen, trotzdem ist Angelina Jones nicht zufrieden.

„Was machen wir denn falsch?", frage ich Sonja, während wir zu unserem Start zurückreiten.

„Wenn der Regisseur die Aufnahme wiederholen lässt, muss das nicht unbedingt unsere Schuld sein", beruhigt sie mich. „Sonst hätte uns das Regieteam schon längst ein paar neue Anweisungen gegeben. Ich glaube, diesmal ist es eher der Kameramann. Schau mal, gerade verändert er ein bisschen seine Position."

Ich recke mich, um ihn besser sehen zu können. „Du hast recht“, stimme ich ihr dann zu.

„Hast du bemerkt, dass Angelina Jones die ganze Zeit auf einen kleinen Bildschirm schaut, während wir drehen?“, fragt sie.

Nein, das hab ich nicht. Ich hatte allerdings auch genug anderes zu tun.

„Die Regisseurin ist die Einzige, die uns so sieht wie später die Kinozuschauer“, erklärt sie. „Falls ihr nur eine Kleinigkeit nicht gefällt, zum Beispiel wenn ein Vögelchen störend durchs Bild fliegt oder irgendwas im Hintergrund nicht stimmt, heißt es: Zurück, marsch, marsch, das Ganze noch mal von vorn!“

„Dann kann das hier ja noch ewig dauern“, schlussfolgere ich.

„Gut möglich“, erklärt sie gelassen.

Ungläubig schüttele ich den Kopf. „Im Kino sieht das immer so einfach aus. Da käme niemand auf die Idee, dass hinter jeder einzelnen Szene so viel Mühe steckt.“

Wir haben jetzt unseren Platz erreicht und gehen wieder in Position.

„Heute ist unsere Arbeit gar nicht wirklich hart“, urteilt Sonja, als wir uns aufgestellt haben. „Das wird es erst, wenn es sehr heiß oder klirrend kalt ist. Drehe mal im Winter bei Eis und Schnee oder bei plus zwei Grad und Nieselregen. Dann weißt du, was ich meine.“

Anne Davenport gibt uns ein Zeichen, jemand brüllt *„Action!“* und schon geht’s von Neuem los.

Wieder und wieder traben wir mit unseren Pferden

über die Hügelkuppe. Je mehr es auf den Mittag zugeht, umso wärmer wird es. Mir steht der Schweiß auf der Stirn; heimlich verfluche ich mein langes Kleid, das gleich mehrere Spitzenunterröcke hat. Jedes Mal kostet es mich mehr Disziplin, mich im Sattel zu entspannen und nicht genervt dreinzuschauen. Die Statisten zu Fuß tun mir richtig leid. Total verschwitzt rennen sie in ihren Uniformen ein ums andere Mal neben uns her; nach dem „*Cut*“ halten sie keuchend inne und schütten Unmengen Sprudelwasser in sich hinein. Dann müssen sie leider, leider schon wieder von vorne anfangen.

„Die armen Kerle“, sage ich zu Sonja, als wir nach dem sechsten Mal wieder zu unseren Startpositionen reiten.

„Ja, die haben's wirklich nicht leicht“, stimmt sie mir zu. „Aber immerhin sind sie alle Mitglieder im örtlichen Leichtathletik-Verein und ordentlich trainiert. Beim Film geht es zwar knallhart zu, aber verantwortungslos ist normalerweise niemand.“

Nach dem achten Mal ist Angelina Jones endlich zufrieden. Müde gleite ich aus dem Sattel und führe Filou eine Weile hin und her, dann lasse ich ihn an einem Bach trinken.

Bald darauf beginnen die Dreharbeiten für die nächsten Szenen: Unser Trupp wird von François alias László überfallen und die Prinzessin, also Sonja, ergreift in schnellem Galopp die Flucht. Ich dagegen bin bereits von den Feinden umzingelt und darf nichts weiter tun, als entsetzt die Hand vor den Mund zu schlagen und still auf meinem Pony zu sitzen.

„Würde jetzt nicht besser die Schauspielerin im Sattel sitzen, die die Prinzessin spielt?“, frage ich Sonja, als wir nach unserem ersten Versuch nebeneinanderher zu unserem Ausgangspunkt zurückreiten.

Sie lächelt. „April Winterheart? Gott bewahre! Die Frau hat eine Riesenangst vor Pferden. In ihrem Vertrag steht sogar eine Klausel, die besagt, dass sie in keiner einzigen Szene auch nur in die Nähe von Pferden kommen darf.“

Ich ziehe die Augenbrauen hoch. „Warum hat man denn keine andere Schauspielerin engagiert?“

„Weil April in den USA ein Star ist und jede Menge Zuschauer in die Kinos locken wird“, erklärt Sonja. „Und sie selbst will vermutlich durch ‚Das Erbe der Musketiere‘ in Europa bekannter werden. Für die Szene, die wir gerade drehen, ist es aber auch kein echtes Problem, wenn sie nicht selbst auf dem Pferd sitzt. Wir werden aus der Ferne gefilmt und später werden dann kurze Aufnahmen von April dazwischengeschnitten, die ihr entsetztes oder verzweifeltes Gesicht zeigen.“ Jetzt grinst sie breit. „Wahrscheinlich sitzt sie dabei auf einem rhythmisch wackelnden Holzpferd oder so.“

Wir nehmen unsere Positionen ein und dann geht’s auch schon los. Um mich herum tobt der Bär: Männer brüllen und kämpfen, manche brechen sogar „verwundet“ oder „tot“ zusammen. Filou nimmt das gelassen; er hat kapiert, dass alles nur ein riesengroßes Theater ist. Ich dagegen komme mir irgendwie blöd vor, weil ich mitten im Getümmel so hilflos auf seinem Rücken hocke. Viel lieber würde ich mitkämpfen oder wie Sonja in atemberaubendem Tempo davonreiten, mit meinem Pferd wilde Haken schlagen und den bösen François mit einem stumpfen Theatermesser attackieren!

„Stuntwoman müsste man sein", murmele ich, als zum zweiten Mal das „*Cut!*" ertönt ist.

Und plötzlich fällt es mir wie Schuppen von den Augen: Warum eigentlich nicht? Ja. Genau das ist es. – Ich will Stuntgirl werden! Nicht mehr am Rand stehen, sondern mittendrin sein. Zusammen mit meinem Pferd ein perfektes Team bilden und gemeinsam die schwierigsten Situationen bestehen. Das will ich.

Mein Herz schlägt einen Trommelwirbel.

Zoe, bist du verrückt geworden?, fragt mich eine erschrockene innere Stimme. Und überhaupt: Wie willst du das anfangen?

Aber ich weiß die Antwort: Ich werde Arpad und Herrn Erdelyi um Hilfe bitten. Sie können mir zeigen, wie es geht. Von ihnen kann ich so viel lernen! Dann werde ich bestimmt immer besser und wer weiß, vielleicht bekomme ich nach einiger Zeit sogar schon einen kleinen Auftrag ...

Jawohl, so werde ich es machen!

Mein Herz klopft mir immer noch bis zum Hals und meine Finger zittern ein bisschen. Filou merkt das, er dreht den Kopf und sieht mich mit einem beinahe fragenden Gesichtsausdruck an. Ich streichle seinen Hals.

„Okay, Zoe, ganz ruhig! Heute machst du erst mal einen guten Job und dann denkst du noch mal in Ruhe über alles nach", rede ich mir selbst gut zu.

Den Rest des Tages bin ich bei den Dreharbeiten im

Dauereinsatz. Erst als ich abends mit Maja und Arpad, László und Sonja vor unserem Zelt sitze und hungrig mein Abendessen verschlinge, hab ich wieder Zeit zum Überlegen.

„Warum sagst du eigentlich kein Wort?“, fragt mich Arpad irgendwann.

„Du, ich bin nur müde“, antworte ich und das ist noch nicht mal gelogen. Außerdem möchte ich jetzt noch nicht über meine Pläne reden. Erst recht nicht mit ihm. Wer weiß, ob er dann nicht wieder einen seiner blöden Sprüche loslässt?

Er reckt und streckt sich. „Das glaub ich dir sofort. Ich bin auch ziemlich groggy und morgen droht uns ein langer Tag. Gleich krieche ich in meinen Schlafsack und dann werde ich schlafen wie ein Stein.“

„Ja klar. Lange halte ich hier auch nicht mehr lange durch“, gestehe ich. Aber ob ich so gut schlafen werde wie er?

Kapitel 6

Überraschung!

He, Zoe, nicht im Gehen eindösen!“, ermahnt mich Arpad.

Das ist leichter gesagt als getan. Obwohl ich gestern Abend so müde war wie ein Bär kurz vor dem Winterschlaf, hab ich noch ewig lange wach gelegen und über meine Idee nachgedacht. Was wohl die Erdelyis sagen, wenn ich ihnen von meinen Plänen, Stuntgirl zu werden, erzähle? Und meine Mutter …

Zum Glück waren Filou und ich heute Morgen nur in zwei Szenen dran, in denen Sonja und ich bloß dekorativ im Bild stehen oder Schritt reiten mussten. Und am Nachmittag haben wir ganz frei. Filou steht schon wieder auf der Weide und ich habe Arpad zugesehen, der mit Favory im Wald mehrere Szenen abgedreht hat. Auch die Aufnahmen, für die er aus rasendem Galopp abstoppen, die Botschaft übernehmen und danach wieder angaloppieren muss, waren dabei. Arpad hat das letzte Woche öfter mit Favory geübt und auch heute noch mal, als sein Vater dabei war. Als es eben darauf ankam, hat alles prima geklappt. Arpad musste die Nummer nur dreimal reiten.

Herr Erdelyi tut mir allerdings ein bisschen leid, denn einerseits sieht man ihm heute schon deutlich an, wie anstrengend die Dreharbeiten für ihn sind. Andererseits habe ich ihm trotzdem angemerkt, wie unglaublich gerne er anstelle seines Sohnes im Sattel sitzen würde. Aber na gut, das dauert eben noch ein bisschen.

Jedenfalls gibt's in einer halben Stunde Mittagessen. Und danach werde ich endlich Travis Lauter ganz nahe kommen, denn er wird auf Favorys Rücken ein paar Szenen spielen. Mit einem bisschen Glück kann ich gleich neben Arpad stehen und alles hautnah mitkriegen. Wer weiß, vielleicht wird mich Travis dann persönlich begrüßen oder er gibt mir sogar die Hand? Das wäre zu cool! Na, wenigstens wird er mir mal zulächeln, hoffe ich. Aber was ist, wenn er dabei bemerkt, dass ich dunkle Ringe unter den Augen habe…?

Beim Essen beobachte ich Travis aus der Ferne: Wie er mit Angelina Jones und der unbekannten dunkelhaarigen Schönheit am Tisch sitzt, hungrig sein Mittagessen futtert und angeregt diskutiert; wie seine dunklen Augen leuchten, wenn er lacht…

Sonja ist meinen Blicken offenbar gefolgt. „Das Mädchen neben Travis ist April Winterheart, die die Prinzessin spielt und von mir gedoubelt wird", klärt sie mich auf.

„Das ist die Lady mit der Pferdeangst, oder?", frage ich.

Sie lächelt. „Wenn du sie so nennen willst…"

Ich behalte Travis weiter so angespannt im Auge, dass ich einen kleinen Schrecken bekomme, als Arpad mir mit einem leicht ironisch klingenden „Bitte schön" einen Becher Kaffee vor die Nase stellt.

„Der hilft gegen Müdigkeit", erklärt er überflüssigerweise. „Und du bist inzwischen so verschlafen, dass du nur noch vor dich hinträumst und kaum noch mitkriegst, was die Leute um dich herum reden."

„Ja, okay", murmele ich.

László wirft mir einen amüsierten Blick zu und schiebt mir Milch und Zucker herüber.

Sonja zwinkert mir zu. „Wetten, in einer halben Stunde bist du hellwach?"

Ich zucke die Achseln. Wenn das Zeug meine Augenringe wegzaubert, bin ich schon zufrieden.

Aber Sonja hat recht: Als eine Stunde später die Dreharbeiten fortgesetzt werden, bin ich nicht nur hellwach, sondern sogar ein bisschen rappelig. Während ich in einem Pulk von Leuten am Rande des Geschehens stehe und Arpad beim Warmreiten von Favory beobachte, würde ich am liebsten pausenlos von einem Bein aufs andere hüpfen. Keine Ahnung, ob das nun an dem Kaffee liegt oder an Travis Lauter.

In der Szene, die jetzt auf dem Programm steht, lernen sich Jean-Philippe d'Artagnan und die Prinzessin unter äußerst dramatischen Umständen kennen und lieben: Jean-Philippe wurde im Gefecht verwundet. Darum wird Travis gleich blutüberströmt, aber dennoch im Galopp ins Bild reiten. Dann wird ihn der letzte Rest seiner geschwächten Kräfte verlassen und er wird zu Boden sinken, von wo ihn die Prinzessin und ihr Vater wieder auflesen.

Für jemanden wie Travis, der gerade mal ein bisschen reiten kann, ist das keine leichte Aufgabe. Wie Arpad mir erklärt hat, wird er nur deswegen nicht gedoubelt, weil ihn die Kamera die ganze Zeit über in Nahaufnahme zeigen soll.

Später im Kino wird das Publikum bestimmt den Atem anhalten. Ich dagegen kann mir gerade nur mit Mühe ein Grinsen verkneifen, weil Travis totenblass geschminkt und über und über voller Kunstblut, aber quietschvergnügt zu Arpad und Favory hinüberstiefelt. Er geht ein Stück neben den beiden her und bespricht mit Arpad die allerletzten Details. Dabei legt er seine rechte Hand auf den Hals des Schimmels und lässt seine Augen immer wieder über das Pferd gleiten, das er kaum kennt, aber in wenigen Minuten reiten soll.

„Ich hab den Eindruck, dass Travis ein bisschen was von Pferden versteht“, sage ich zu Herrn Erdelyi, der neben mir an einer Eiche lehnt.

Der wiegt den Kopf. „Ein blutiger Anfänger soll er angeblich nicht sein.“

Nun gleitet Arpad aus dem Sattel und hält Favory fest, damit Travis aufsteigen kann.

„Der sitzt viel sicherer im Sattel als John Deacon“, stelle ich fest.

Herr Erdelyi nickt. „Zum Glück. Ich bin ja schon froh, wenn ein Schauspieler mein Pferd nicht am Zügel reißt und ihm nicht in den Rücken fällt.“

Travis reitet Favory im Schritt zu seiner Startposition. Dann heißt es auch schon: *„Action!“*

Die beiden galoppieren an; Travis treibt sein Pferd sofort zu einem schnellen Tempo. Trotzdem hängt er mehr im Sattel, als dass er sitzt; der schwer verwundete Jean-Philippe, den er spielt, ist offenbar völlig am Ende. Allmählich werden die beiden langsamer; Favory geht Trab, dann Schritt und Travis sinkt aus dem Sattel.

„*Cut!*“, ruft jemand.

Travis steht auf, klopft Favory den Hals, nimmt ihn am Zügel und redet kurz mit der Regisseurin. Dann geht alles von vorne los: Er geht zurück zu seinem Startpunkt, Favory galoppiert los …

Plötzlich ertönt ein lautes Kläffen, dann ein Schrei: „Fafnir, stopp!!“

Da schießt der kleine Hund schon wie ein Blitz an mir vorbei, direkt in Favorys Laufbahn!

Ohne nachzudenken, renne ich los, werfe mich nach vorne und bekomme die Leine des Hündchens zu fassen; ich reiße es zurück und sehe aus den Augenwinkeln, dass Favory in rasendem Tempo auf uns zusteuert. Er macht eine Vollbremsung, Travis Lauter rutscht aus dem Sattel – und Favory kommt dicht vor mir zum Stehen, genau da, wo jetzt Fafnir wäre, wenn ich nicht eingegriffen hätte.

Aber ich habe den fiependen Hund mit beiden Armen umklammert und halte ihn ganz fest, starre mit wild pochendem Herzen auf den schnaufenden Favory, der mit vor Schreck weit aufgerissenen Augen keinen Meter entfernt vor mir steht, und auf Travis, der blass und blutig geschminkt im Dreck liegt und mich zwischen Favorys Beinen hindurch entsetzt ansieht.

„Sorry“, piepse ich über Fafnirs immer lauter werdendes Winseln hinweg. Sicher hat sich Travis ordentlich wehgetan.

„Fafnir, was machst du denn?“, ertönt die wackelige

Stimme von Hausmeister Traugott hinter mir. So schnell ihn seine alten Beine nur tragen können, kommt er zu uns gerannt. Dann nimmt er mir seinen jaulenden Hund ab.

„Entschuldigung“, keucht er dabei an Travis gewandt, in seinem Schrecken natürlich auf Deutsch. „Mein Hund ist noch jung; er hat sich plötzlich losgerissen, als wir drüben am Waldrand ...“

„Das ist schon in Ordnung. Ich habe mir nicht schlimm wehgetan“, antwortet Travis zu meinem Erstaunen in einem fast fließenden Deutsch, allerdings mit breitem amerikanischem Akzent. Dann rappelt er sich vorsichtig auf und klopft sich den Staub aus den Kleidern.

„Und dir vielen Dank, Zoe“, schnauft Herr Traugott. „Wer weiß, was mit dem Kleinen passiert wäre, wenn du nicht so mutig gewesen wärest?“ Weil hinter ihm Angelina Jones auftaucht, dreht er sich um. „Sorry, also wirklich, ich ...“

Auch der Regisseurin steht der Schrecken ins Gesicht geschrieben. Trotzdem bringt sie ein halbes Lächeln zustande und macht dem Hausmeister mit ein paar Handzeichen klar, dass alles halb so schlimm ist.

Eigentlich hat sie recht. Die Aufnahme ist zwar im Eimer, aber vermutlich müsste sie ohnehin noch ein paarmal wiederholt werden. Und Travis Lauter hält sich zwar die Schulter und humpelt ein bisschen, aber er ist eindeutig nicht schwer verletzt.

Ich stehe auf und will zu den Erdelyis zurückgehen, doch da legt sich eine Hand auf meine Schulter. Erstaunt sehe ich mich um ... und schaue in die dunklen Augen von

Travis Lauter. „Das hast du gut gemacht! *You're really …* du hast wirklich Mut", sagt er anerkennend.

Ich werde stocksteif und bringe mit Müh und Not ein „Äh … ja. Danke" hervor.

Er nickt mir noch einmal zu, nimmt Favory am Zügel und humpelt mit ihm zurück zu seinem Ausgangspunkt. Ich dagegen gehe, nein, ich schwebe regelrecht zurück zu meinem Platz zwischen den anderen Leuten. Dabei kann ich nur an eines denken: Travis Lauter hat mich angesprochen. Travis Lauter hat mit mir geredet. Er hat mir sogar gesagt, dass ich mutig bin!

Als ich an der Eiche angekommen bin, nimmt mich Maja in den Arm. „Das war echt super, Zoe!"

„Ja, allerdings", fügt ihr Vater hinzu. „Auch wenn um ein Haar … Also, mir ist fast das Herz stehen geblieben."

„Respekt! Das war echt tapfer", erklärt Arpad anerkennend.

„Ja", sage ich und schaue wieder zu Travis hinüber, der gerade von der Maskenbildnerin neu zurechtgemacht wird. „Das hat er auch gesagt."

„Jetzt geht's in die Maske", sage ich zu Maja. „Kommst du mit?"

Es ist Donnerstagmorgen und wir haben bei Herrn Traugott gefrühstückt. Heute ist mein letzter Drehtag für diese Woche; morgen werde ich bei ein paar Stunts von Arpad zusehen und am frühen Nachmittag bringt uns László nach Hause. Übers Wochenende wird er bei den Erdelyis wohnen, weil er Arpad und Maja am Freitag- und am Samstagabend helfen will, Benno in die Oper zu bringen. Sonja wird sich währenddessen um seinen Bailador kümmern und ihn in ihrem Pferdetransporter zum Kloster Eibelwang, unserem nächsten Drehort, mitnehmen.

Jetzt ruft aber erst mal die Arbeit. Filou hat heute Morgen frei, denn für mich stehen Aufnahmen im Schloss an: Ich soll der Prinzessin beim Ankleiden helfen, ihr die Haare bürsten und sie ebenso wortlos wie tröstend in den Arm nehmen, weil ihr Vater sie dazu verdonnert hat, den König von Frankreich zu heiraten. Dabei hat sie sich doch längst in Jean-Philippe d'Artagnan verliebt, der seit ein paar Tagen verletzt in ihrer Burg liegt.

Eileen hat mir gestern mit Händen und Füßen und ein paar englischen Worten erklärt, dass ich bei der letzten Aktion sogar in Großaufnahme gezeigt werde. Dafür werde ich gleich von der Maskenbildnerin, Lilian Pencil, wie eine richtige Schauspielerin aufwendig geschminkt.

Wenigstens sehe ich heute nicht mehr wie eine verschlafene Eule aus, denn in dieser Nacht hab ich neun Stunden lang tief und fest geschlafen. Aber ich bin wieder tierisch aufgeregt. Immerhin werde ich heute die berühmte US-Schauspielerin April Winterheart näher kennenlernen, ich darf sie sogar in den Arm nehmen!

Pünktlich um acht Uhr kreuze ich bei Eileen und Lilian auf. Staunend beobachte ich, wie ich mich unter den geschickten Händen der beiden in eine bildschöne, total erwachsen und vornehm wirkende Unbekannte verwandele. Maja, die die ganze Zeit neben mir sitzt, muss immer wieder über mein verdutztes Gesicht grinsen.

Nach einer Dreiviertelstunde bin ich fertig. Vorsichtig stehe ich auf und hebe den Saum meines langen Kleides an. Dann schwebe ich regelrecht aus dem Rittersaal und die Treppe hinauf in den ersten Stock.

Der Raum, in dem die nächsten Szenen gedreht werden, ist mit prunkvollen Stuckornamenten geschmückt und mit wertvollen alten Möbeln eingerichtet. Die Crew hat sich schon versammelt, sogar Travis Lauter ist da, obwohl er in dieser Szene gar nicht gebraucht wird. Ein bisschen abseits vom Geschehen steht er neben der hohen Tür, durch die ich das Zimmer betrete, und redet mit zwei Tontechnikern.

„Guten Morgen, Zoe!"

Er hat mich angesprochen. Und er weiß sogar meinen Namen! Ich bin so verdutzt, dass mir glatt die Luft wegbleibt. Aber wenigstens bringe ich ein Lächeln zustande.

Überhaupt hab ich inzwischen mächtig Angst. In den Szenen, in denen ich bisher gespielt habe, war ich nur schmückendes Beiwerk oder ich bin sogar in einer Masse von Leuten untergegangen. Auf der Leinwand werde ich oft nicht zu erkennen sein. Aber heute stehe ich mit der Prinzessin im Mittelpunkt des Geschehens! Egal, da muss ich jetzt durch. Ich nehme all meinen Mut zusammen, gehe zur Regisseurin, die gerade mit April Winterheart diskutiert, und sage: *„Hello."*

Angelina Jones lächelt breit. *„Good morning to you, brave amazone."*

Von einer Sekunde auf die andere werden meine Backen glühend heiß, denn ich habe genau verstanden, dass sie mich eine „mutige Amazone" genannt hat.

April dagegen mustert mich mit halb geschlossenen Augen. Dann haucht sie immerhin: „Hi."

He, was hat die denn gebissen? Ich werfe Maja, die sich ein paar Schritte von mir entfernt zu ein paar als Diener verkleideten Statisten gestellt hat, einen verwirrten Blick zu. Aber sie zuckt nur mit den Achseln.

Wenige Minuten später beginnen die Dreharbeiten. Und aus unerfindlichen Gründen scheint April fest entschlossen zu sein, mir meine Arbeit so schwer wie nur möglich zu machen. Sobald es *„Action!"* heißt, spielt sie ihre Rolle mit einem umwerfenden Charme und geradezu herzerweichender Freundlichkeit. Aber in den kurzen Pausen dazwischen nutzt sie jede Gelegenheit, mich übel anzuzicken. Ich kann nur ein paar Worte verstehen und demnach rücke ich ihr zu nahe auf die Pelle, reiße ihr beim Bürsten an den Haaren und ziehe ihr Mieder zu fest. Dabei gebe ich mir wirklich alle Mühe, doch ich kann machen, was ich will, sie gibt einfach keine Ruhe.

Plötzlich bin ich froh, dass meine Rolle „ohne Worte" ist, denn meine Stimme würde mit Sicherheit immer zittriger. Je länger die Dreharbeiten dauern, umso größere Mühe habe ich, gelassen zu bleiben und vor der Kamera so etwas Ähnliches wie vertraute Freundschaft zwischen der Prinzessin und mir vorzutäuschen. April dagegen schafft das mit links, aber sie ist ja auch Schauspielerin.

Ich hab leider keine Zeit, jemanden zu fragen, was denn nun wirklich los ist. Also überlege ich pausenlos, was ich falsch mache, während ich mich wieder und wieder zusammenreiße, April ein ums andere Mal das gleiche Kleid überstreife, ein Schmuckstück um den Hals lege, ihr immer und immer wieder ihre langen schwarzen Haare bürste und darauf warte, dass sie mich, kaum dass das „*Cut!*" ertönt ist, wieder wütend anblafft.

Dann ist die Szene dran, in der ich sie in den Arm nehmen soll. Ich gebe mein Bestes und tue, was die Regisseurin mir gesagt und ein Tontechniker auf Deutsch übersetzt hat: Mit großen Augen und sichtlich gerührt höre ich mir die verzweifelten Klagen der Prinzessin an. Dann nehme ich sie mitfühlend in den Arm und sie bricht, von einem die Augen reizenden Spray unterstützt, in Tränen aus. Als jemand von der Regie „*Cut!*" ruft, macht sie sich so schnell von mir los, dass sich mein mit einem Ring geschmückter Finger in ihrem prachtvollen Spitzenkragen verfängt. Da keift sie mich an.

Angelina Jones sagt etwas zu ihr, aber ich muss plötzlich derart gegen die Tränen ankämpfen, dass ich es kaum höre und erst recht nichts verstehe.

Dann heißt es schon wieder: „*Action!*"

Ich tue mein Bestes, reiße mich zusammen und höre mit großen, leider viel zu feuchten Augen der gemeinen, die verzweifelt Liebende meisterhaft spielenden Zicke zu. Sie wirft sich in meine Arme – und ich kann die Tränen nicht mehr aufhalten. Hilflos drücke ich mein Gesicht fest in ihre Haare, damit niemand merkt, dass ich heule. Dabei ist mir eigentlich sonnenklar, dass sich das vor der unbarmherzigen Kamera sowieso nicht verbergen lässt. Gleich wird mich April deswegen wieder anfahren, schlimmer noch als eben. Und diesmal wird die Regisseurin garantiert in ihre Schimpftirade einstimmen …

Jetzt muss ich noch schlimmer weinen, es schüttelt mich regelrecht!

„Cut!“

Ich hebe den Kopf und wische mir über die Augen; im gleichen Moment wird mir klar, dass ich dadurch die Schminke in meinem Gesicht ruiniert habe, dass Lilian mich neu zurechtmachen muss und ich durch mein blödes Geflenne die teuren Dreharbeiten aufgehalten habe.

Erschrocken schaue ich in Aprils wütendes Gesicht. Dabei ist sie jetzt meine geringste Sorge. Viel mehr Angst hab ich vor dem, was Angelina Jones gleich zu mir sagen wird.

Jetzt redet sie tatsächlich. *„That's it. We're done with this scene. That was great, Zoe.“*

Der nette Tontechniker übersetzt. „Das war's. Die Szene ist abgedreht. Zoe, das war klasse.“

Im ersten Moment bin ich mir nicht ganz sicher, weil ich immer noch einen Schleier aus Tränen in den Augen habe. Aber ich glaube, die Regisseurin lächelt mich an. Nein, sie strahlt sogar regelrecht!

Ihre Worte haben April den Wind aus den Segeln genommen. Abrupt dreht sie sich um und rauscht in eine Ecke des Zimmers zu ein paar anderen Schauspielern, die gleich mit ihr die nächste Szene spielen sollen. Ich dagegen wanke zur Tür hinaus in den Flur und lehne mich an eines der hohen spitzbogigen Fenster. Unfähig, einen klaren Gedanken zu fassen, starre ich durch die Butzenscheiben auf den Burghof. Dabei laufen mir immer noch die Tränen wie Sturzbäche über das Gesicht.

Hinter mir räuspert sich jemand. Ich drehe ich um und

erschrecke. Denn da steht kein Geringerer als Travis Lauter! Er lächelt mich freundlich an.

„*Action!*", ertönt es plötzlich aus dem Zimmer hinter uns. Ich zucke zusammen, dann wische ich mir schnell noch mal über die Augen, damit Travis meine Tränen nicht sieht. Doch im nächsten Moment wird mir klar, dass mich das garantiert noch hässlicher macht. Wahrscheinlich sehe ich inzwischen aus wie ein Zombie auf Urlaub. Wie oberpeinlich!

Travis macht sich nicht die Bohne aus meinem verschmierten Gesicht. „Herzlichen Glückwunsch!", sagt er mit seinem breiten Akzent. „April hast du's aber gezeigt."

„Wie bitte?", frage ich verwirrt. „Die hat ja wohl eher mich fertiggemacht."

„*Really?*" Er kommt zu mir herüber und lehnt sich an den Fenstersims. „Denke einmal nach: April hat die ganze Zeit versucht, dich aus der Fassung zu bringen. Aber du hast einfach immer weitergespielt. Und als sie dir in der letzten Szene ihr Leid geklagt hat, hast du sie derartig herzerweichend gerührt angesehen ... Das hätte man gar nicht besser machen können."

„In Wirklichkeit war ich einfach nur total am Ende", schniefe ich.

„*I know that.* Aber im Film wirkt das ganz anders", erklärt er. „Uns war allen klar, dass du wegen April mit den Nerven fertig warst. Aber du warst richtig überzeugend ... An dir ist eine Schauspielerin verloren gegangen, Zoe."

Ungläubig sehe ich ihn an. Meine Gedanken überschlagen sich ... Schnell drehe ich mich um und schaue aus dem Fenster, damit er nicht mitkriegt, wie durcheinander ich bin.

„Bestimmt lässt dich bald Lilian rufen, weil sie dich abschminken will“, erinnert mich Travis, als ich länger nichts gesagt habe. „Und wenn die nächsten beiden Szenen abgedreht sind, gibt es für uns Schauspieler Mittagessen. Wie ist es, kommst du mit an meinen Tisch?“

Ich zucke zusammen, als hätte mich der Blitz getroffen.

Das gibt’s doch nicht! Travis Lauter hat mich zum Mittagessen eingeladen, denke ich fassungslos und drehe mich zu ihm um. „Das meinst du jetzt aber nicht ernst, oder?“

Verwirrt runzelt er die Stirn. „*Of course I do.* Warum fragst du?“

„Ja, also, wenn du willst … Gerne“, stimme ich zu und bringe sogar ein kleines Lächeln zustande, was bei meinem verschmierten Gesicht sicherlich ganz furchtbar aussieht.

„Ach Zoe, hier steckst du!“, ertönt von der Treppe her Arpads Stimme. „Lilian schickt mich. Du sollst bitte zum Abschminken kommen. Danach gibt’s für uns was zu beißen.“

„Bin schon unterwegs“, erkläre ich und wende ihm mein Gesicht zu.

„Du meine Güte, wie siehst du denn aus? Ist dir was passiert?“, ruft er erschrocken aus.

„Nein, alles in Ordnung“, erklärt Travis schnell. „In der letzten Szene hat Zoe genau in dem Moment losgeheult, als sie die verzweifelte Prinzessin umarmen sollte. *That was really, really good.*“

Arpad macht große Augen. „Das hast du hingekriegt? Wow! Herzlichen Glückwunsch.“

Er grinst breit, weil ich ihm ein verschmiertes Zombie-Lächeln schenke. „So, und jetzt los! Wenn du dich verspätest, schickt dich Lilian mit der Schminke im Gesicht in die Kantine und dann fällt die halbe Crew vor Schreck in Ohnmacht."

Travis grinst. „Und vergiss nicht: Wenn du fertig bist, kommst du mit mir essen."

„*Action!*", brüllt jemand hinter der Tür.

Etwas in Arpads Miene gefällt mir nicht. Im ersten Moment weiß ich nicht so recht, was es ist. Doch dann wird mir klar, dass es seine dunklen Augen sind. Sie wirken noch ein bisschen schmaler als sonst und sie glühen wie zwei Kohlen in einem lodernden Feuer.

Als er sich umdreht und mit den Händen in der Tasche die Treppe hinuntergeht, fängt April hinter der Tür wieder mächtig zu zetern an. Und mir wird klar, dass ich die Kunst, Arpad Erdelyi zu durchschauen, immer noch nicht wirklich beherrsche.

Das Mittagessen schmeckt mir heute noch besser als sonst. Das liegt nicht nur daran, dass es Pizza gibt und zur Krönung auch noch Eis zum Nachtisch. Der Hauptgrund ist eindeutig mein netter Tischnachbar, Travis Lauter. Er ist das genaue Gegenteil zu der arroganten Zicke April Winterheart: offen, freundlich und vor allem ganz normal. Wir reden und reden und ich erfahre, dass Travis meine Sprache so gut spricht, weil seine Großmutter väterlicherseits aus Deutschland kommt und fast immer Deutsch mit ihm gesprochen hat. Von seiner Mutterseite her hat er französische und sogar indianische Vorfahren. Ich erzähle ihm ganz viel von meinem tollen Pony Filou und unserem Hund Hektor und ein bisschen vom Beruf meiner Mutter; er berichtet begeistert von dem gutmütigen Labrador seiner Eltern, mit dem er aufgewachsen ist. Ehe ich mich versehe, ist unser Mittagessen vorbei und Travis muss in die Maske. Ich bitte ihn noch schnell, mir für meine Freundinnen ein paar Autogrammkarten mitzugeben. Dann bringe ich mein Tablett weg und gehe zu den Stuntmen hinüber, die gerade mit dem Essen anfangen.

„Habt ihr beiden euch gut unterhalten?“, fragt Sonja, während sie sich ein Stück Pizza abschneidet.

„Und ob“, erkläre ich. „Nach den Gemeinheiten von April hab ich das echt gebraucht.“

Herr Erdelyi nickt. „Maja hat uns davon erzählt.“

Sonja verdreht die Augen. „April ist wirklich eine Zicke. Gestern hat sie mir doch tatsächlich vorgeworfen, dass ich nicht elegant genug im Sattel säße. Darum bin ich ihrer Meinung nach ein miserables Double.“

„Und das hast du dir bieten lassen?“, fragt László.

„Nö.“ Sie grinst breit. „Ich hab ihr gesagt, sie solle es doch selber machen. Da ist sie ganz schnell abgerauscht.“

„Mit John hab ich mehr Glück“, findet László. „Der steht wenigstens dazu, dass er nicht reiten kann. Und er ist echt kooperativ. Aber du fährst mit Travis ja auch ganz gut, Arpad.“

Ich sehe zu Arpad hinüber und stelle erstaunt fest, dass er sein Essen noch gar nicht angerührt hat.

Oje, hoffentlich geht’s ihm bloß gut!, denke ich. Wenn

er jetzt krank würde, wäre das für die Dreharbeiten eine Katastrophe. Oder ist er vielleicht ein bisschen eifersüchtig wegen Travis? Aber das hieße ja ... Nein, das kann gar nicht sein. Schnell schiebe ich den Gedanken weg.

„Travis ist echt ein netter Kerl“, erklärt Arpad, dann verzieht sich sein Mund zu seinem arroganten Lächeln, wegen dem ich ihn schon so oft am liebsten zum Mond geschossen hätte. „Zoe glaubt allerdings, er wäre ein Halbgott oder so was Ähnliches.“

Ich schicke einen flammenden Blick zu ihm hinüber.

„Guter Witz“, meint Sonja kauend. Dabei hat Arpad sicher keinen Spaß gemacht.

Maja sagt nichts, aber sie sieht ihren Bruder nachdenklich an.

„Mach dir nichts draus, Zoe. So was denken viele Leute, wenn sie mit Schauspielern noch nicht viel zu tun gehabt haben“, tröstet mich Herr Erdelyi.

„Manchen Stars steigt der Erfolg zu Kopf. Andere können ganz gut damit umgehen, so wie Travis“, erklärt Sonja.

„Dass er nicht abgehoben ist, ist bei ihm wirklich eine Leistung“, gibt Arpad zu. „Wo ihn seit zwei Jahren Heerscharen von Mädchen geradezu anhimmeln ...“ Er verdreht die Augen.

Das war schon wieder ein Stich in meine Richtung.

„Ich himmele ihn garantiert nicht an“, wehre ich mich. „Er ist einfach nur nett.“ Arpad zuckt bloß die Achseln.

„Steht heute Nachmittag für dich noch eine Szene an?“, fragt mich Herr Erdelyi. Ich habe das Gefühl, dass er eigentlich nur das Thema wechseln will.

„Ja, aber erst in drei Stunden. Zwischendurch will ich noch irgendwann meine Sachen für morgen packen", erkläre ich.

„Prima", meint Arpads Vater. „Dann hast du ja Zeit, zuzusehen, wenn Arpad mit Favory durchs Feuer reitet. Im Burghof wird schon alles dafür vorbereitet."

Die Feuer-Szene? Auweia!

Ich atme tief durch. Das wird für Arpad nicht einfach. Und gefährlich ist es auch, weil das Seitentor, durch das Arpad reiten muss, so schmal ist, dass er und Favory nicht ausweichen können, wenn sie Schwierigkeiten bekommen. Und die Flammen werden so hoch lodern, dass sie den gesamten Durchgang versperren. Mein Ärger legt sich, denn plötzlich hab ich richtig Angst um ihn. Jetzt kann ich sogar verstehen, warum er so komisch drauf ist: Nein, er ist nicht eifersüchtig. In Wirklichkeit ist er so aufgeregt, dass es ihm den Appetit verschlägt.

Herr Erdelyi wendet sich Sonja zu. „Als Zoe vor ein paar Wochen die Feuernummer zum ersten Mal gesehen hat, haben wir ihr einen mächtigen Schrecken eingejagt." Dann erzählt er kurz, was damals passiert ist.

„Ich kann mir gut vorstellen, dass du geschockt warst", antwortet Sonja, als er fertig ist. „Wenn man …" Sie hält inne und fasst sich an den Bauch.

„He, was ist denn los?", fragt László besorgt.

Sonja atmet tief durch: „Seit dem letzten Stunt hab ich Bauchschmerzen. Kein Wunder eigentlich: Xingaro ist im Galopp gestolpert und hätte sich beinahe auf die Nase gelegt. Ich hab mir dabei wohl einen Muskel gezerrt. Das ist aber gar nicht so schlimm. Ich bin froh, dass sich keiner von uns beiden ernsthaft verletzt hat."

„Kannst du denn heute Nachmittag weiterarbeiten?", will Maja wissen.

„Na hör mal, ich bin doch kein Weichei!", erklärt sie empört.

Während die anderen reden, beobachte ich Arpad aus den Augenwinkeln. Immerhin beginnt er jetzt endlich, appetitlos an seiner Pizza herumzusäbeln.

Mit schwitzigen Händen stehe ich im Burghof. Hoffentlich geht das bloß gut!

Vor uns ist ein Seitentor, durch das ein Feldweg in den Hof führt. Die Bühnenbildner haben sich richtig Mühe gegeben und die Umgebung so zurechtgemacht, als hätte gerade eine Schlacht stattgefunden: verkohlte Balken, zerschlagene Fässer und zerrissener Stoff liegen herum, an zwei Stellen flackern kleine Feuer und dazwischen haben sie eine als toten Soldaten verkleidete Schaufensterpuppe platziert. Unter dem runden Bogen des Seitentors ist ein niedriger Holzstoß aufgeschüttet, den gerade zwei Männer mit einer merkwürdig riechenden Flüssigkeit übergießen.

Herr Erdelyi sitzt neben mir auf einem Mäuerchen. Eben hat er mir noch mal hoch und heilig versichert, dass diese Flüssigkeit wirklich schon bei 80 Grad Celsius brennt, sodass Favory und Arpad sich bei ihrem Sprung über den lichterloh in Flammen stehenden Holzstoß wirklich nicht verbrennen können. Davon abgesehen haben die Bühnenbildner dahinter und noch ein längeres Stück in den Burghof hinein eine dicke Schicht Sand aufgeschüttet, damit Favory auf den harten Pflastersteinen nicht ausrutscht. Ich weiß zwar, dass Arpad und Favory in den letzten Wochen in der Reithalle von Hof Buchental öfter über ein Feuer gesprungen sind. Aber was gleich auf sie zukommt, ist noch mal was ganz anderes.

Die Stimmung hier im Burghof ist auffällig angespannt. Sogar Angelina Jones wirkt nervös. Fragt sich bloß: Warum ist ausgerechnet Herr Erdelyi so ruhig? Oder tut er bloß so?

An der anderen Seite des Tores tauchen Arpad und Favory, László und Maja auf. Favory hat seinen Kopf erhoben und bläht seine Nüstern; selbst auf die Entfernung kann ich deutlich sehen, dass seine Ohren nervös hin und her spielen.

„Ganz geheuer ist ihm das hier aber nicht", murmele ich vor mich hin.

Ein Bühnenbildner geht zu dem Holzstoß hinüber und zündet ihn an. Zuerst lecken nur ein paar harmlose Flämmchen an den Scheiten und Ästen, dann werden es mehr… und mit einem lauten *Wuuusch!* greift das Feuer schlagartig um sich. Plötzlich steht der ganze Holzstoß in Flammen. Schwarzer Rauch steigt auf und verdeckt den Durchgang; jetzt kann ich Arpad und Favory nicht mehr sehen.

„*Action!*" Diesmal benutzt Anne Davenport ein Megafon, damit Arpad sie trotz des prasselnden Feuers hören kann.

Herr Erdelyi ballt seine Hände zu Fäusten.

Mit wummerndem Herzen schicke ich ein Stoßgebet zum Himmel.

Da erscheint auch schon Favorys Kopf über den Flammen, dann sein ganzer Körper mit Arpad im Sattel, die beiden landen problemlos, galoppieren weiter …

„Cut!“

Ich seufze leise. Geschafft!

Die Regisseurin ruft Arpad zu sich und gibt ihm ein paar Anweisungen. Ich bin fassungslos. Oh Mann!, was soll er denn noch besser machen? Er sah so toll aus, gleichzeitig furchtlos und elegant, wie ein richtiger Held. So was kann man doch gar nicht mehr toppen.

Arpad hört der Regisseurin konzentriert zu. Dann nickt er und reitet mit Favory am langen Zügel in Richtung des großen Burgtores. Dabei kommt er dicht an uns vorbei.

„Was wollte Angelina denn?“, fragt sein Vater.

„Das Ganze muss noch schneller gehen“, antwortet Arpad.

„Fene egye meg!“, zischt Herr Erdelyi. Seinem Tonfall nach gefällt ihm diese Nachricht überhaupt nicht.

Mit einem flauen Gefühl im Magen sehe ich Favory und Arpad nach, die nun aus dem Burghof hinausreiten. Währenddessen verteilen die Bühnenbildner mehr von der Flüssigkeit auf dem Holzstoß. Danach flackert das Feuer noch höher, was mit Sicherheit auch einer dieser rücksichtslosen Regieanweisungen zu verdanken ist.

Bis eben hätte ich nicht für möglich gehalten, dass ich jemals auf Angelina Jones wütend sein könnte. Aber jetzt bin ich es.

Nun müssen Arpad und Favory auf der anderen Seite des Feuers angekommen sein, denn um die Regisseurin herum wird es unruhig. Während jemand die Sandstrecke glatt harkt, gießt ein Bühnenbildner noch einmal neue Flüssigkeit auf das Feuer und laut knackend flackern die Flammen so hoch wie nie zuvor.

Was jetzt wohl in Arpad vorgeht?, frage ich mich und wische meine schweißnassen Hände an meiner Jeans ab. Am liebsten würde ich zur Regisseurin hinüberlaufen und ihr sagen, dass sie mit diesem gefährlichen Unsinn aufhören muss.

„*Action!*"

Ich schlage die Hände vor den Mund und starre mit rasend klopfendem Herzen auf das vom Rauch verdeckte Seitentor. Aber ich sehe nur die Flammen, höre nur ihr Prasseln und Knacken.

Neben mir setzt sich Herr Erdelyi gerade hin.

Da!

Favorys Kopf taucht zwischen den Flammen auf, mit einem gewaltigen Satz fliegt er über den Holzstoß ... galoppiert noch ein paar Sprünge ...

„*Cut!*"

„Gut gemacht, Arpad!", schnauft Herr Erdelyi, der offenbar genau wie ich die Luft angehalten hat.

Die Regisseurin ruft Arpad etwas zu und nickt zufrieden.

Geschafft!

Ich bin so erleichtert, dass ich meinen Kopf an Herrn Erdelyi lehne. Der legt mir den linken Arm um die Schulter und drückt mich ein bisschen.

„Nun tut doch nicht so, als hätten die mich beinahe hingerichtet."

Ich blicke auf und sehe Arpad, der uns von seinem hohen Ross herab amüsiert grinsend anschaut.

Du arroganter… Warum hab ich mich ausgerechnet wegen dir so aufgeregt?, denke ich wütend. Dann kontere ich laut: „Ach nee… Du siehst aber aus wie dein eigenes Gespenst."

Herr Erdelyi fängt schallend an zu lachen. Ich hab ja auch völlig recht: Arpads Gesicht ist voller Ruß und in seinen Kleidern hängt jede Menge Asche.

Beleidigt sieht er mich an, dann brummt er etwas Unverständliches, gleitet vom Pferd und lockert Favorys Sattelgurt.

Im Laufschritt taucht Maja bei uns auf; offenbar ist sie den Weg um die Burg herumgerannt. „Das hast du klasse gemacht, aber echt", keucht sie.

Arpad zuckt die Achseln. „War halt mein Job."

„Sag mal, war's dir immer noch nicht gut genug?", frage ich ihn entgeistert.

„Wenn's der Regie reicht, bin ich auch zufrieden", antwortet er abweisend.

Langsam werde ich echt sauer. Arpad hat einen unheimlich anspruchsvollen Stunt hinter sich gebracht, also braucht er nicht mehr nervös zu sein. Eigentlich müsste er sich sogar freuen. Warum zum Teufel hat er immer noch schlechte Laune?

„He, du solltest stolz auf dich sein", erkläre ich. „Was ist denn heute nur los mit dir? Seit dem Mittagessen bist du so was von schlecht drauf…"

Er zuckt nur die Achseln, nimmt Favory am Zügel und führt ihn aus dem Burghof hinaus.

Kopfschüttelnd sehe ich ihm nach.

„Weißt du, was? Lass ihn einfach in Ruhe. Der kriegt sich schon wieder ein“, beruhigt mich Herr Erdelyi.

Und Maja fügt hinzu: „Heute ist er halt komisch. Weißt du, auch Männer haben manchmal ihre Tage.“

Ihr Vater lacht schon wieder los.

„Wenn du meinst“, brumme ich und denke mir: Na gut, wenn der vornehme Herr Stuntman heute nicht vernünftig mit mir reden will, werde ich ihn halt einfach nicht mehr beachten.

Dann helfe ich Herrn Erdelyi beim Aufstehen. Langsam gehen Maja und ich neben ihm her, während er mühevoll auf seinen Krücken den Weg zum Burggraben hinunterhumpelt. Nur gut, dass morgen das Wochenende beginnt, denke ich, denn inzwischen sieht man Herrn Erdelyi sehr deutlich an, wie erschöpft er ist. Auf halbem Wege muss er eine Pause machen, und während wir auf ihn warten, schaue ich mich um.

Unter uns, auf der rechten Seite, liegt die große Wiese, auf der das Team am Dienstag die Szenen mit den Soldaten gedreht hat. Jetzt wärmen sich Sonja und Xingaro dort für ihre nächsten Aufnahmen auf. Und was ich sehe, ist so wunderschön, dass mir fast der Mund offen steht: Mit aufgerichtetem, gebeugtem Hals, weit untertretenden Hinterbeinen und locker pendelndem Schweif trabt Xingaro über die Wiese. Er vollführt eine bildschöne Piaffe und danach eine richtige Passage. Das heißt: Er geht einen besonders eleganten Trab mit hoch erhobenen Beinen. Dann bleibt er stehen, tritt ein paar Schritte rückwärts und galoppiert aus dieser Bewegung heraus gleich wieder an, zuerst geradeaus, dann ein paar Sprünge seitwärts. Schließlich dreht er sich in einer schwungvollen Galopp-Pirouette um sich selbst. Alles sieht ganz leicht und unglaublich harmonisch aus, fast so, als würden er und seine Reiterin nicht arbeiten, sondern miteinander spielen.

„So schön hab ich noch nie jemand reiten sehen", murmele ich bewundernd.

Eigentlich habe ich zu mir selbst gesprochen. Darum bekomme ich einen kleinen Schrecken, als Herr Erdelyi neben mir antwortet: „Das geht nur mit ganz viel Gefühl."

„Gefühl?", zweifele ich. „Ich dachte immer, für so was braucht man vor allem eine gute Ausbildung und ein tolles Pferd."

Er wiegt den Kopf. „Das sicherlich auch. Aber es gehört noch viel mehr dazu. Wenn man so reitet wie Sonja auf Xingaro, gehen Reiter und Pferd völlig ineinander auf. Die Welt um sie herum ist vergessen, es gibt nur noch den Menschen und sein Pferd. Es ist wie …"

Für einen Moment legt er nachdenklich die Stirn in Falten. „Eigentlich ist es Liebe. Ja, eine wirklich gute Dressur ist die in Bewegung gegossene Liebe zwischen Reiter und Pferd."

Kapitel 7

Das neue Pferd

„Dressur ist Liebe zwischen Reiter und Pferd.“ Den ganzen Nachmittag geht mir dieser Satz nicht mehr aus dem Kopf. Ich muss mich richtig dazu zwingen, bei meinen letzten Szenen für diese Woche einigermaßen bei der Sache zu sein. Zum Glück verlangt man dabei nicht viel von mir: Ich muss nur dekorativ auf Filous Rücken sitzen, während sich vor mir der Held und die Prinzessin in einer rührenden Szene voneinander verabschieden. Dann soll ich noch ein paarmal im Schritt an der Kamera vorbeireiten und mit Filou am Zügel an einem gluckernden Bach stehen.

Danach komme ich endlich dazu, meine Sachen zu packen. Morgen müssen wir ja zeitig nach Hause, damit wir Benno pünktlich ins Theater bringen können.

Es tut mir richtig leid, dass die erste Woche unserer Dreharbeiten schon fast vorbei ist, auch, weil wir uns morgen von dem netten Herrn Traugott und dem kleinen Fafnir verabschieden müssen. Der Rest der Dreharbeiten findet nämlich nicht auf Burg Greifenstein, sondern im Kloster Eibelwang statt.

Da kann man nichts machen, sage ich mir, während ich meinen vollen Wäschesack oben auf den gepackten Koffer lege, damit ich morgen noch die allerletzten schmutzigen Sachen hineinpacken kann. Aber schön war's. Und aufregend. Ich hab so viel gelernt und so viele nette Leute kennengelernt; die zickige April Winterheart ist wirklich die große Ausnahme. Ich bin echt gespannt, wie Birte, Paulina und Janine reagieren, wenn sie erfahren, dass ich mich ein bisschen mit Travis Lauter angefreundet habe. In den letzten Tagen hatte ich zwar wieder mehr Zeit, ihnen zu schreiben, aber das mit Travis hab ich ihnen verschwiegen, weil ich doch unbedingt ihre großen Augen sehen will! Bestimmt können sie es kaum glauben.

„Macht's gut! Und kommt mich mal besuchen, ja?" Herr Traugott schüttelt uns die Hände.

Unsere Stimmung ist ein bisschen gedrückt, als wir ihm und seinem netten kleinen Hund auf Wiedersehen sagen. Weil ich den freundlichen alten Herrn noch mal in den Arm nehme, bin ich die Letzte, die zu Lászlós wartendem Auto geht.

Da kommt mir Travis Lauter entgegen.

„Hallo", sagt er. „Gut, dass ich dich noch erwische. Du wolltest deinen Freundinnen doch Autogrammkarten mitbringen." Er hält mir einen gut gefüllten Briefumschlag vor die Nase. „Ich hab auf jede Karte eine Widmung geschrieben – mit Namen, wie du es dir gewünscht hast."

„Die hätte ich glatt vergessen", gestehe ich. „Das ist so cool! Vielen Dank, Travis. Du bist echt ein Schatz."

„Ich glaube, darauf darf ich mir etwas einbilden", stellt er lächelnd fest. „Also: bis nächste Woche dann. Mach's gut, Amazone."

„Kommst du endlich?", drängelt Arpad. „Wenn wir nicht

bald losfahren, schaffen wir es heute Abend nicht mehr pünktlich mit Benno in die Oper."

„Die haben aber wirklich Stress", urteilt Travis. „Also los! Wir sehen uns am Montag." Er schaut mir nach, als ich zum Auto laufe und mich zu Arpad und Maja auf die Rückbank quetsche. Als wir losfahren, winkt er, dann dreht er sich um und geht zurück in den Burghof.

Während der Fahrt ist es merkwürdig still im Auto. Arpad, der den ganzen Tag über freundlich war, ist offenbar ebenso plötzlich wie grundlos in seine schwierige Phase zurückgefallen. Er starrt mit umwölkter Stirn aus dem Fenster und gibt keinen Ton von sich. Immer wieder werfe ich ihm an der ratlos dreinschauenden Maja vorbei verwirrte und ärgerliche Blicke zu. Sogar László schaut öfter mit fragender Miene in den Rückspiegel. Aber das hilft auch nichts; Arpad zeigt erst wieder eine Reaktion, als wir auf dem Hof von Gut Buchental einfahren.

„Was ist denn hier los?", fragt Herr Erdelyi, denn für einen sonnigen Freitagabend ist es hier erstaunlich leer. Genauer gesagt: Es ist überhaupt keiner da. Dabei steppt hier freitags um diese Uhrzeit sonst immer der Bär.

„Hoffentlich ist nichts passiert", befürchtet Maja, als wir aus dem Auto steigen.

„Nun denke mal nicht gleich das Schlimmste", beruhigt sie László, bevor er zum Pferdetransporter geht und die Klappe öffnet.

„Der hat gut reden. Irgendwas stimmt hier nicht", flüstert mir Maja zu.

Sie hat absolut recht. Als László seinen Geländewagen samt Pferdetransporter am Rand des Hofes parkt, hat sich immer noch keine Menschenseele blicken lassen.

Mit gerunzelter Stirn bringe ich Filou in seine Box und gebe ihm sein Kraftfutter und einen großen Berg Heu. Danach will ich eigentlich zu Arpad und Maja in den großen Laufstall gehen. Aber im Seitentor bleibe ich verdutzt stehen. Denn um den Reitplatz drängt sich eine dicke Menschentraube.

„Da sind sie ja alle. Fragt sich nur: Was ist da los?“, murmele ich und recke mich, um besser sehen zu können.

Als sich ein paar Leute bewegen, sehe ich das Pferd. Ein goldglänzendes Pferd mit langer schwarzer Mähne und einem dunklen Schweif. Jemand, den ich wegen der vielen Zuschauer nicht erkennen kann, macht gerade den Führstrick ab und das Pferd schießt mit mächtigen Galoppsprüngen los. Mit erhobenem Schweif und unglaublich anmutigen Bewegungen läuft es über den Reitplatz.

Aus den Augenwinkeln sehe ich, dass Maja vom Laufstall aus zu mir kommt.

„Ist der schön!“, sage ich zu ihr. „Er bewegt sich wie ein Balletttänzer.“

„Ja, nicht wahr?“, stimmt sie mir zu. „Was der wohl für eine Rasse hat?“

„Er sieht fast wie ein Andalusier aus“, urteile ich.

Sie wiegt den Kopf. „Dafür hat er einen zu langen Rücken. Der würde eher zu einem Warmblut passen, aber das scheint mir dieser hübsche Kerl nun auch wieder nicht zu sein. Sollen wir mal rübergehen?“

„Ja klar“, antworte ich und wir setzen uns in Bewegung.

Aufgeregt wirft das Pferd seinen schönen Kopf, geht in einen angespannten Trab über und stößt ein nervöses Prusten aus.

„Der Arme fühlt sich hier sicher total fremd“, vermutet Maja, als wir bei den Zuschauern angekommen sind.

Aber ich habe in die Augen des Pferdes gesehen. In seine wunderschönen, großen dunklen Augen. Und dabei ist mir ein Schauer über den Rücken gelaufen. Denn diese Augen spiegeln mehr wider als Angst und Verwirrung. In ihnen lag etwas, für das ich nur ein Wort kenne: Verzweiflung.

Irgendetwas stimmt nicht mit diesem Pferd.

Im nächsten Moment erkenne ich endlich, wer mit dem Führstrick in der Hand in der Mitte des Reitplatzes steht: Emily! Stolz liegt auf ihrem Gesicht; sie scheint die ungeteilte Aufmerksamkeit, die die vielen Leute ihr und ihrem Pferd entgegenbringen, total zu genießen.

Aha. Das ist wohl das sündhaft teure Pferd, das ihr Vater für sie kaufen wollte, denke ich und mein Herz krampft sich zusammen. Armes Tier! Du hättest wirklich eine bessere Besitzerin verdient.

„Komm, Zoe. Wir müssen uns ranhalten, damit wir mit Benno pünktlich in der Oper ankommen“, erinnert mich Maja.Noch einmal werfe ich dem schönen Pferd einen langen Blick zu, dann folge ich Maja zum großen Laufstall, wo Favory und Benno am Zaun stehen und den Neuankömmling mit gespitzten Ohren beobachten.

Ich bin in einem Wald. Dunkel ist es hier, nur an wenigen

Stellen fällt ein bisschen Licht durch die dichten Blätterkronen der Bäume. Und über den Boden wabert Nebel. Er kriecht um meine Füße, ringelt sich um meine Beine …

Da!

Hinter mir wiehert ein Pferd, so laut, dass es mir durch Mark und Bein fährt.

Ich drehe mich um.

Tatsächlich, da steht es. Ein schmaler Streifen Sonnenlicht fällt durch die Bäume, spielt streichelnd mit seiner langen schwarzen Mähne und seinem golden glänzenden Fell.

Wie schön es ist! Aber in seinen Augen liegt ein flehender Ausdruck.

„Hilf mir doch!“, scheinen sie zu sagen. „Bitte, bitte lass mich nicht allein.“

Ich will zu dem Pferd hinübergehen, möchte über sein feines, leuchtendes Fell streicheln und es trösten. Aber meine Füße sind wie festgefroren, und sosehr ich mich auch bemühe, ich komme keinen Schritt vorwärts.

Rrrring!!!

Etwas klingelt laut und schrill. Und zu meinem Schrecken beginnt der Körper des Pferdes vor mir zu verschwimmen …

Rrrring!!!

Ich reiße die Augen auf und starre an die helle Decke meines Zimmers.

Ach so, das war mein Wecker. Den hab ich auf halb sieben gestellt, weil ich um halb acht mit Arpad und Maja im Reitstall verabredet bin, um mit Favory für die Dreharbeiten zu üben. Und von dem schönen Pferd hab ich nur geträumt.

Verschlafen und immer noch ein bisschen verwirrt setze ich mich auf. Dann schleppe ich mich ins Bad und versuche, möglichst leise zu duschen, um so früh am Samstagmorgen meine Mutter nicht zu wecken.

Gestern Abend war es schon spät, als wir aus der Oper zurückgekommen sind. Und dann haben Mama und ich noch lange miteinander geredet. Es war fast Mitternacht, als wir endlich ins Bett gekommen sind. Ich hab sie letzte Woche zwar jeden Abend angerufen und ihr immer kurz berichtet, was am Tag alles passiert ist, aber sie wollte es natürlich noch mal ganz genau wissen. Ich hab erzählt und erzählt und dabei ist auch mir erst richtig klar geworden, was ich in den paar Tagen alles erlebt habe: Ich hab jede Menge über das Filmedrehen gelernt, einen kleinen Hund vor Favorys Hufen gerettet und mich mit Travis Lauter angefreundet. Er sagte sogar, an mir sei eine Schauspielerin verloren gegangen! Das ist alles einfach unglaublich … Aber es ist wirklich passiert!

Jetzt bin ich immer noch hundemüde. Na gut, am Nachmittag kann ich mich ein bisschen hinlegen und morgen werde ich in aller Ruhe ausschlafen.

Arpad und Maja dagegen müssen heute Abend noch mal mit László und Benno in die Oper und morgen wollen sie wieder ganz früh mit Favory üben. Die beiden haben echt Ausdauer.

Während ich zum Hof Buchental radele, denke ich schon wieder an das neue Pferd. Wie es ihm heute wohl geht? Wahrscheinlich ist es in der neuen, wildfremden Umgebung noch ein bisschen aufgeregt. Hmm… Bevor ich mit Arpad, Maja und Favory übe, werde ich noch mal kurz nach ihm sehen. Wie es wohl heißt?

Es wird in der ehemaligen Box von Abendstern stehen, überlege ich, als mein Fahrrad auf den Hof rollt. Emily möchte, dass ihre beiden Pferde nebeneinander wohnen, damit sie sich auf dem Pferdetransporter gut vertragen.

Ich schließe mein Rad ab und gehe nach links in den Stalltrakt, in dem Emilys Pferde untergebracht sind. Als ich durch die Tür komme, steht Herr Sattler im Gang und verteilt Heu aus einem vollen Wagen.

„Hallo", sage ich und drücke mich vorsichtig an ihm vorbei. Dann sehe ich, dass das neue Pferd tatsächlich in der Box neben Emilys Springpferd Sunrise steht. Was für ein hübscher Kerl! Dieses glänzende Fell, der muskulöse Hals und die kräftige Hinterhand…

Der Wallach hebt seinen Kopf, die dunklen Augen sehen mich freundlich an und seine Ohren spielen hin und her. Als ich ein Stück Möhre aus meiner Jackentasche hole und ihm hinhalte, kommt er zu mir und nimmt sie mir vorsichtig aus der Hand.

Ich streichele über seine weichen Nüstern. „Braver Junge", murmele ich dabei. „Also, irgendwie mag ich dich total gerne." Ich schließe die Augen und stelle mir vor, wie ich auf seinem Rücken über einen von der Sonne beschienenen Strand reite. Wir galoppieren; das Wasser spritzt um uns herum ...

„Ein tolles Pferd, oder?" Die Stimme von Herrn Sattler

reißt mich aus meinem Traum. Ich öffne die Augen und sehe, dass er Sunrise gerade einen Haufen Heu in die Box wirft.

„Und ob!“, bestätige ich. „Wissen Sie, was es für eine Rasse hat? Und wie heißt es eigentlich?“

„Amorio. Er ist eine Mischung zwischen einer deutschen Warmblutstute und einem portugiesischen Hengst, einem Lusitano“, antwortet er. „In den letzten Jahren hat es offizielle Zuchtversuche in diese Richtung gegeben und Amorio ist eines der besten Fohlen, die dabei herausgekommen sind. Das hat mir wenigstens Herr Münzkötter gesagt.“

„Das glaube ich ihm sofort“, versichere ich.

„Emily findet allerdings, dass er mit seinen 1,59 Metern Stockmaß ein bisschen klein geraten ist. Aber sonst ist sie mit ihm ganz zufrieden“, erklärt Herr Sattler.

Irre ich mich oder hat er das ein bisschen ironisch gemeint? Normalerweise verlieren die Sattlers ja kein schiefes Wort über Emily und ihre Eltern. Niemand weiß, ob sie sie wirklich gut leiden können oder ob es nur daran liegt, dass die Münzkötters mit Abstand ihre besten Kunden sind.

Durch die offene Stalltür sehe ich, dass Arpad und Maja über den Hof spazieren.

„Ich muss los“, sage ich, mehr zu Amorio als zu Herrn Sattler. Als ich mich umdrehen will, grummelt der schöne Falbe leise, schiebt seinen Kopf noch weiter über den Rand der Boxenwand und legt ihn auf meine Schulter.

Ich schlucke. „Du magst mich auch, oder?“

Liebevoll kraule ich ihn zwischen den Ohren und er schließt die Augen. „Aber du gehörst nicht mir, sondern Emily Münzkötter. Daran kann ich absolut nichts ändern.“

Noch einmal lege ich meine Wange an seinen Kopf, dann ziehe ich vorsichtig meine Schulter unter seinem Kinn weg, gehe mit schnellen Schritten aus dem Stall und drehe mich nicht mehr um.

Draußen kommen mir Maja und Arpad mit Putzkasten, Halfter und Strick bewaffnet aus der Sattelkammer entgegen.

„Ist Filou umgezogen?“, fragt Maja.

Filou! An den hab ich heute Morgen noch gar nicht gedacht! Prompt bekomme ich ein schlechtes Gewissen.

„Nein, nein“, erkläre ich schnell. „Ich war bei Emilys neuem Pferd.“

Die beiden sehen mich verwirrt an, was mein schlechtes Gewissen ins Unermessliche wachsen lässt. Darum ergänze ich schnell: „Ich wollte nur sehen, wie es ihm geht. Es war gestern so aufgeregt … Jetzt sage ich noch schnell Filou Guten Morgen, dann komme ich zu euch rüber, okay?

„Klar. Lass dir ruhig Zeit“, erklärt Arpad.

Während die beiden weiter über den Hof gehen, mache ich mich auf den Weg zur Box meines Ponys. Ich bleibe recht lange bei ihm, gebe ihm ein paar Möhren und kann gar nicht mehr aufhören, es zu streicheln – schon, weil ich mich wegen ihm so schlecht fühle. Mannomann, sage ich mir. Da gibt sich das alte Kerlchen bei den Dreharbeiten die größte Mühe, es ist brav wie ein Lämmchen und paradiert regelrecht vor der Kamera auf und ab. Doch kaum sind wir wieder zu Hause, hab ich nichts Besseres zu tun, als es wegen eines wildfremden Pferds beinahe zu vergessen. Außerdem darf ich mein Herz nicht an ein Pferd hängen, das nicht mir, sondern ausgerechnet Emily Münzkötter gehört.

Als ich durch das kleine Tor gehe, kommt mir Maja schon mit Favory entgegen. „Arpad ist in der Halle, um die Mauer für Favory aufzubauen“, erklärt sie gut gelaunt. „Bin echt gespannt, wie er sich heute macht, wo wir doch seit fünf Tagen nicht mehr mit ihm für diese Nummer üben konnten.“

Wir haben die Halle erreicht und ich bleibe erstaunt stehen. Denn aus dem kleinen Mäuerchen, das dort stand, als ich das letzte Mal beim Üben dabei war, ist eine fast zwei Meter hohe Mauer geworden. Und der Durchgang ist so schmal, dass selbst ein sehr schlanker Mensch sich nur noch mit Müh und Not hindurchwinden kann.

„Da soll Favory also durch“, murmele ich. Wie er wohl reagieren wird …?

Gespannt beobachte ich, wie Arpad den Schimmelhengst zuerst ein paarmal um die Mauer herumführt. Dann geht er langsam darauf zu. Favory folgt ihm, dann sieht er ihm mit hin und her spielenden Ohren zu, wie er sich durch den engen Durchgang wurstelt. Arpad ist dabei sehr vorsichtig, damit er die Mauer bloß nicht im Voraus umwirft.

Auf der anderen Seite angekommen, bleibt Arpad, das Führseil immer noch locker in der Hand, stehen. Er zieht ein Stück Apfel aus der Tasche, hält es dem Hengst hin und sagt nur ein Wort: „Komm!“

Und Favory tut wie befohlen. Mit geblähten Nüstern, eher misstrauisch als ängstlich, geht er auf die Mauer zu, bleibt stehen … und steckt vorsichtig seinen Kopf hindurch. Mit gespitzten Ohren sieht er sich nach allen Seiten um.

„Dem steht beinahe ein Fragezeichen auf der Stirn“, sage ich grinsend zu Maja.

„Angst hat er aber keine mehr“, stellt sie zufrieden fest. „Ich denke, er kann einfach nur nicht glauben, dass er diese riesige Mauer wirklich umwerfen soll.“

„Na komm“, muntert Arpad sein Pferd auf.

Aber Favory bewegt sich keinen Zentimeter von der Stelle.

„Hilfst du mal, Maja?“, fragt Arpad.

„Ja klar.“ Sie geht zum Eingang der Reithalle, wo wie immer einige Gerten in einem hohen Eimer stehen, holt eine Longierpeitsche und stellt sich hinter Favory auf.

„Komm!“, fordert Arpad sein Pferd noch einmal auf. Gleichzeitig hebt Maja die Peitsche ein bisschen an und schwingt sie vorsichtig in Favorys Richtung. Der Hengst stößt ein lautes Schnauben aus, dann geht er tatsächlich ein paar Schritte voran… und stößt an die Mauer, die prompt über ihm zusammenbricht. Ein Regen von weichen Schaumstoffsteinen fällt auf ihn herab. Aber das ist er jetzt offenbar schon gewohnt, denn er zuckt nur ärgerlich mit einem Hinterbein, gegen das ein Stein gekullert ist. Dann ist er auch schon durch, holt sich bei Arpad sein Apfelstück ab und lässt sich ausgiebig von ihm loben und streicheln.

Noch zweimal bauen Maja und ich die Mauer auf, zweimal wiederholen Arpad und Favory die Übung und beim letzten Mal geht der Schimmel endgültig ohne jedes Zögern durch den engen Spalt hindurch.

„Jetzt sind wir für heute fertig, oder?“, fragt Maja.

Sie will schon damit beginnen, die wild durcheinanderliegenden Steine einzusammeln, aber Arpad ist anderer Meinung. „Nein. Wir bauen die Mauer noch mal auf“, erklärt er.

Sie sieht ihn fragend an.

„Ich möchte einmal auf ihm sitzen, wenn er hindurchgeht“, erklärt er.

„Aber Papa hat doch gesagt, dass du erst nächste Woche während der Dreharbeiten das Durch-die-Mauer-Reiten üben sollst, wenn er und László dabei sind“, protestiert sie.

„Papa hat aber auch gesagt, dass wir mit Favory nach Gefühl vorgehen sollen“, widerspricht er ihr. „Und mein Gefühl sagt mir, dass er genau jetzt so weit ist.“

„Hör mal, Arpad, wenn Favory jetzt scheut und dir etwas Ernsthaftes passiert, kannst du deinen Job bei ‚Das Erbe der Musketiere‘ aber total vergessen“, unterstütze ich Maja. „Außerdem hab ich nicht die geringste Lust, auch noch den zweiten Erdelyi im Krankenhaus zu besuchen.“

„Sie hat zwar recht, aber das ist gar nicht der Punkt“, fügt Maja hinzu. „Wenn du Favory jetzt überforderst, musst du mit ihm noch mal ganz von vorne anfangen. Und das bedeutet: Für diesen Film kannst du den Stunt streichen.“

„Ja, eben …“, setze ich an.

Aber Arpad lässt mich nicht ausreden. „Im Grunde habt ihr recht. Aber ich bin mir sicher, dass er es schafft.“

Maja schüttelt den Kopf.

„Sag mal, muss ich die Mauer etwa selbst aufbauen?“, fragt er in ungeduldigem Ton.

„Du alter Pascha!“, schimpfe ich.

Aber seine Schwester seufzt leise. „Hilfst du mir, Zoe?“

Widerstrebend greife ich ihr unter die Arme.

„Bist du dir sicher, dass es richtig ist, was wir hier machen?", flüstere ich ihr zu, als wir die letzten Steine auf die Mauer legen.

Sie zuckt die Achseln. „Nein. Aber der Sturkopf tut doch sowieso, was er will."

Ich atme tief durch. „Also, ich befürchte, dass er sich in Wirklichkeit nur irgendwas beweisen will, zum Beispiel, dass er recht hat oder dass er auch ohne die Hilfe deines Vaters klarkommt."

Sie lächelt. „Stimmt, das würde total zu ihm passen ... Andererseits ist Arpad zwar ein ziemlicher Draufgänger, aber er würde Favory nie und nimmer in irgendeinen Leichtsinn mit hineinziehen. Dafür hat er ihn viel zu gern. Ich befürchte eher, dass er mit seinem Gefühl vielleicht nicht richtig ..."

„Wird das heute noch mal was mit euch beiden?", ruft uns Arpad von der anderen Seite der Mauer zu.

„Schon gut." Maja nimmt sich den nächsten Stein.

Kurz darauf sind wir fertig. Gemeinsam stehen wir ein paar Schritte von der Mauer entfernt und harren der Dinge, die nun kommen werden.

Mit erhobenem Kopf und gespitzten Ohren steht Favory da und inspiziert die Mauer. Er trägt immer noch nur Halfter und Strick.

„Willst du nicht wenigstens mit Trense reiten?", frage ich und ärgere mich, weil meine Stimme so aufgeregt klingt.

„Warum?", fragt er. „Wenn er gleich nicht mit mir durch die Mauer laufen will, kann ich ihn auch mit einem Gebiss im Maul nicht dazu zwingen", erklärt er in bewundernswert ruhigem Ton. „Entweder Favory geht oder er geht nicht. Basta." Dann fasst er in die lange Mähne des

Hengstes und schon sitzt er auf seinem Rücken. Leise schnalzt er mit der Zunge.

Wenn jetzt was schiefgeht, kann Arpad die Nummer vergessen, denke ich mit wummerndem Herzen.

Der Lipizzaner marschiert tapfer voran, doch kurz bevor er die Mauer erreicht hat, bleibt er stehen und trippelt unruhig hin und her.

„Na komm!", sagt Arpad liebevoll und drückt ihm seine Fersen in die Flanken.

Da geht sein Pferd los. Ich kann ihm regelrecht ansehen, dass es all seinen Mut zusammennimmt, als es durch den Durchgang hindurchläuft. Die Steine donnern hinunter, einer trifft erst Arpad, dann Favorys breite Hinterhand… und diesem Stein gibt der Hengst einen saftigen Tritt!

Dann sind sie durch.

„Gut gemacht", ruft Maja aus, läuft auf die beiden zu und fällt Favory um den Hals.

„Ich fasse es nicht!", murmelt Arpad ungläubig. „Aber ich hab das Gefühl, Favory wollte mich beschützen. Er wollte nur deswegen nicht durch die Mauer laufen, weil er Angst hatte, dass die Steine mir wehtun könnten."

„Der weiß halt viel besser als du, dass du beim Film noch gebraucht wirst", witzelt Maja.

Arpad lässt sich von Favorys Rücken gleiten und lehnt sich an die Schulter des Hengstes. Er sieht total gerührt aus.

„Tja, der hat dich wirklich gern", stellt Maja in leicht ironischem Ton fest.

„Du bist ja auch ein echt liebenswerter Kerl", ergänze ich. „Jedenfalls, wenn du nicht den Pascha spielst."

Ohne seine Reaktion abzuwarten, drehe ich mich um und beginne, die Steine einzusammeln.

„Was macht Arpad denn immer noch hier?“, wundert sich Maja. Wir haben die Steine in den Wagen gepackt und alles hinter die Bande geschoben. Nun wollen wir eigentlich zum großen Laufstall gehen, aber Arpad steht uns mit dem grasenden Favory am Führstrick im Weg und schaut konzentriert zum Reitplatz hinüber.

Da ist Emily. Sie sitzt auf ihrem neuen Pferd und Herr Sattler gibt ihr Reitunterricht. Amorio trabt… nein, er schwebt geradezu mit fliegenden Tritten und gebeugtem Hals um die Bahn. Emily sitzt stolz wie eine Königin auf seinem Rücken.

Der Anblick versetzt mir einen Stich. Nicht nur, weil ich zum ersten Mal, seit ich Emily kenne, so etwas wie Eifersucht auf sie empfinde. Sondern auch, weil mir Amorio leidtut. Auf den ersten Blick könnte man zwar meinen, die Arbeit würde ihm Spaß machen. Dann aber sieht man, dass seine Ohren nervös hin und her spielen und dass er immer wieder heftig mit seinem Schweif schlägt.

„Das darf sie nicht machen“, brummt Arpad. „Amorio ist hier doch noch völlig neu. Er ist unsicher, alles ist ihm fremd und seine Besitzerin kennt er auch noch nicht. Emily müsste ihm unbedingt ein paar Tage Zeit lassen. Stattdessen verlangt sie schon vom ersten Tag an Leistung. Das arme Pferd ist total überfordert.“

„Sie will halt so schnell wie möglich mit ihm Turniere gewinnen“, meint Maja achselzuckend.

Ich muss an Sonja Stroben und ihren Xingaro denken,

an die wunderschöne Dressur, die die beiden einfach so zum Spaß geritten haben, und an die Ruhe und Vertrautheit, die sie dabei ausgestrahlt haben.

„Wirklich gute Dressur ist in Bewegung gegossene Liebe zwischen Reiter und Pferd“, hat Herr Erdelyi gesagt. Ärgerlich schüttele ich den Kopf, denn ich ahne, dass Emily niemals so weit kommen wird.

„Sie wird garantiert gar nichts gewinnen, wenn sie so weitermacht“, knurrt Arpad. „Schaut doch mal!“

Amorio ist aus dem Takt gekommen und schlägt hektisch mit dem Kopf. Ärgerlich drückt Emily ihre Sporen in seinen Bauch, aber das macht sein Kopfschlagen nur noch schlimmer.

Da winkt Herr Sattler sie zu sich, legt seine Hand beruhigend auf den Hals des Wallachs und spricht mit ihr.

„Wetten, er erklärt ihr gerade das Gleiche, was Arpad gesagt hat?“, vermute ich.

„Na klar, er ist ja nicht blöd“, bestätigt der.

„Es wird aber nichts helfen“, befürchtet seine Schwester.

„Dann muss ich unbedingt mal mit ihr reden“, beschließt Arpad.

„Prima“, stichele ich. „Wenn du ihr was sagst, hört sie vielleicht sogar zu.“

„Das will ich aber auch schwer hoffen“, antwortet er, nimmt Favorys Strick fester und geht weiter.

Ich folge ihm mit hängendem Kopf. Irgendwie ist mir plötzlich zum Heulen zumute. Einerseits, weil Amorio mir so schrecklich leidtut. Und andererseits …

Andererseits weiß ich auch nicht, warum.

Als ich nach Hause komme, ist es schon nach zwölf. Ich hab noch Filou auf die Weide gebracht und danach ein bisschen mit Arpad und Maja am großen Laufstall gesessen und geredet. Jetzt bin ich wirklich hundemüde.

Nur noch mit Mama zu Mittag essen, dann werde ich ins Bett gehen und einen extralangen Mittagsschlaf halten …

Da klingelt das Telefon.

„Gehst du bitte ran?“, ruft mir Mama aus der Küche zu.

„Ist gut“, antworte ich, laufe in den Flur und nehme den Apparat aus der Halterung.

„Hallo, hab ich dich endlich!“, klingt mir Birtes Stimme entgegen. „Ich versuche schon seit Ewigkeiten, dich zu erreichen. Ich muss jetzt unbedingt wissen, ob du heute Nachmittag zu uns kommst oder nicht. Janine hat sogar Kuchen gebacken und Paulina bringt Chips mit. Wir platzen vor Neugierde! Und wir haben uns um zwei Uhr bei mir verabredet.“

Oh nein, ich wollte doch schlafen!

„Geht's auch ein bisschen später? Oder wie wär's morgen am späten Vormittag?“, frage ich vorsichtig.

Am anderen Ende der Leitung ist eine kurze Pause. „Nein, das geht leider nicht. Heute Abend bin ich mit meinen Eltern beim Geburtstag meines Patenonkels. Und Janine ist morgen doch den ganzen Tag bei dem Westernturnier. Also, wie sieht's aus?“

„Du, ich weiß nicht, ich bin so müde …“, beginne ich ehrlich.

„Sag mal, was ist denn los mit dir? Sind wir nun deine Freundinnen oder sind wir es nicht?“ Die arme Birte klingt ganz betroffen. „Merkst du gar nicht, dass du kaum noch Zeit für uns hast, seit du Maja und Arpad kennst? Jetzt spielst du in einem Hollywood-Film mit, wir fiebern mit dir, was das Zeug hält, und dann bist du angeblich zu müde, um uns davon zu erzählen!"

Oha, ich hab sie echt verletzt. Kein Wunder eigentlich; sie kann ja nicht ahnen, wie anstrengend die letzte Woche war. Aber natürlich bin ich ihre Freundin und das will ich auch bleiben. Unbedingt!

„Tut mir leid, das war echt blöd von mir", erkläre ich. „Um punkt zwei bin ich bei euch."

Dann muss mein Mittagsschlaf eben ausfallen, meine Freundinnen sind mir wichtiger.

„Super! Also bis gleich. Ich sage den anderen Bescheid", sagt Birte und legt auf.

Ich hab ein tierisch schlechtes Gewissen. Ab jetzt muss ich unbedingt besser aufpassen und den dreien mehr Zeit widmen, sage ich mir. Sie haben es wirklich verdient.

Um fünf vor zwei klingele ich an Birtes Haustür. Sofort höre ich Schritte im Flur, dann öffnet sich die Tür und die drei fallen mir alle gleichzeitig um den Hals.

Wir gehen die Treppe hinauf in Birtes Zimmer. Ich hab mich gerade hingesetzt, da prasseln schon die Fragen auf mich ein; ich weiß gar nicht, welche ich zuerst beantworten soll. Wir sitzen da und reden und ich hab kaum Zeit, ab und zu eine Gabel Schokoladenkuchen zu essen oder an meinem Tee zu nippen. Dabei habe ich ihnen jeden Abend Fotos und neueste Berichte geschickt. Aber na gut, manches hatte ich ihnen ja auch bewusst verschwiegen.

„Und wie ist Travis Lauter?“, fragt mich Paulina denn auch recht bald.

„Oh, der …“ Ich mache eine kurze Pause, um die Spannung zu steigern. „Also, der ist überhaupt nicht eingebildet oder abgehoben, sondern genauso locker und normal wie die Jungs aus der Elften. Außerdem spricht er richtig gut Deutsch; seine Oma hat's ihm beigebracht. Wir haben uns ein paarmal lange unterhalten …“

Okay, das ist ein bisschen übertrieben. Genau genommen haben wir nur zweimal länger miteinander geredet.

„Waaas???“, ruft Janine aus.

Ich nicke und dann erzähle ich, was am Set so passiert ist … Die drei hören mir zu und ihre Augen werden immer größer.

„Cool“, haucht Janine, als ich ihnen berichte, wie Travis mir nach April Winterhearts Gemeinheiten in den Flur nachgekommen ist und anschließend mit mir zu Mittag gegessen hat.

„Du bist wirklich vom Glück gesegnet“, fügt Paulina pathetisch hinzu.

Birte sieht die Sache praktischer. „Hast du an unsere Autogramme gedacht?“

„Na klar.“ Ich ziehe die Karten heraus und verkneife mir ein Grinsen, weil die drei Travis' Foto so fasziniert betrachten.

„Der hat sogar eine Widmung für mich auf die Karte geschrieben. Echt, da steht: ‚Für Paulina, Zoes Freundin‘.“ Sie grinst mich an. „Mensch, wenn der sich so viel Mühe gibt, mag er dich aber wirklich gut leiden.“

„Und er hat ehrlich mit dir zu Mittag gegessen?“, fragt Janine. Ihr Gesichtsausdruck erinnert mich plötzlich an eine Katze auf Mäusejagd.

„Äh … ja. Und?“, frage ich verwirrt.

„Wetten, der ist in dich verliebt?“, stößt sie aufgeregt hervor.

„Unsinn!“, erkläre ich voller Überzeugung.

„Von wegen“, mischt sich Paulina ein. „Überleg doch mal: Der hat schon mit Tausenden von Statistinnen zusammengearbeitet. Glaubst du, der lässt sich herab, sich mit jedem Mädchen zum Mittagessen zu treffen?“

„Wir haben uns nicht getroffen. Wir waren nur zusammen in der Kantine“, stelle ich richtig. „Außerdem war ich vorher wegen April total mit den Nerven fertig. Ich schätze, Travis wollte mich einfach ein bisschen trösten.“

„Er wollte dich trösten?“, versichert sich Janine.

„Ja, schon. Warum …?“ Ich spreche nicht mehr weiter, sondern schaue hilflos in die Runde, weil meine Freundinnen sich vielsagend ansehen.

„Sag mal, hast du Hirnschwund und Tomaten auf den Augen?“, fragt Birte dann.

„Offensichtlich“, unterstützt sie Paulina. „Mensch, Zoe, Travis Lauter ist in dich verknallt!“

„Ist er nicht“, beteuere ich.

„Woher willst du das so genau wissen?“, fragt mich Janine, die nun wieder dieses unsägliche Katze-auf-Mäusejagd-Gesicht aufsetzt. „Ich meine, sooo viel älter als du ist er auch wieder nicht.“

„Er ist siebzehn“, erklärt Paulina überflüssigerweise.

„Zwischen euch liegen also nur fünf Jahre“, stellt Birte fest. „Normalerweise suchen sich Filmstars Freundinnen aus, die mindestens zwanzig Jahre jünger sind als sie.“

„Dann ist seine Zukünftige also noch gar nicht geboren“, stelle ich klar.

„Ich sehe es schon in allen Zeitungen stehen: *Hollywoodstar verliebt sich in deutsches Mädchen*“, fantasiert Janine. „Und wir sind die besten Freundinnen der Glücklichen. Voll krass, oder?“

Allmählich reicht's mir. „Nun macht aber mal 'nen Punkt!“ Und in Gedanken füge ich hinzu: Warum fragt mich denn keiner, ob ich Travis überhaupt haben will?

„Wir werden ja sehen, wie sich die Sache weiterentwickelt“, erklärt Paulina.

Dann wechseln die drei das Thema. Zum Glück!

Trotzdem beginnt irgendwas, in mir zu arbeiten. Während wir weiterreden und Kuchen essen, muss ich die ganze Zeit über Travis nachdenken. Auch als ich nach Hause gehe, lässt mich die Frage nicht los: Haben meine Freundinnen vielleicht doch recht? Ist Travis Lauter wirklich in mich verliebt?

Als ich gegen acht Uhr vor dem Fernseher eindöse, habe ich die Antwort immer noch nicht gefunden. Wie sollte ich auch? Ich bin erst zwölf Jahre alt; in ein paar Wochen werde ich dreizehn. Woher zum Teufel soll ich wissen, wie man es einem Jungen anmerkt, dass er sich in einen verliebt hat?

Kapitel 8

Eine Riesenchance

Noch bevor ich richtig wach bin, höre ich, dass meine Mutter im Erdgeschoss mit jemandem redet. Bestimmt telefoniert sie, denke ich verschlafen. Hoffentlich gibt es keinen Notfall bei einem ihrer Patienten! Mit einem Seufzer drehe ich mich vom Bauch auf die Seite. Dabei werfe ich einen Blick auf meinen Wecker.

Oha, schon nach neun! Dann hab ich sage und schreibe dreizehn Stunden lang geschlafen. Nur ganz schwach kann ich mich daran erinnern, wie Mama mich gegen elf Uhr geweckt hat und ich aus dem Wohnzimmer die Treppe hoch in mein Bett gewankt bin. Ich setze mich auf und atme tief durch. Immer noch halb im Tran, ziehe ich mir meine Shorts und ein T-Shirt an und gehe kurz ins Bad. Dann tapse ich ins Erdgeschoss, um endlich rauszukriegen, was denn so früh am Sonntagmorgen schon los ist.

Auf halbem Wege die Treppe hinunter werde ich mit einem Schlag hellwach. Jetzt kann ich in die Küche sehen und da sitzt László Lovas!

Irgendwas ist passiert, denke ich alarmiert. Hoffentlich ist bloß mit Filou alles in Ordnung!

László und meine Mutter machen ernste Gesichter und sie reden so konzentriert, dass sie mich gar nicht kommen hören.

Mein Herz schlägt Alarm. Hier stimmt etwas ganz und gar nicht!

Erst als Hektor von seiner Schlafdecke aufsteht und schwanzwedelnd zu mir herüberkommt, schauen die beiden auf.

„Hallo Schatz", begrüßt mich meine Mutter und László nickt mir mit einem kleinen Lächeln zu.

„'n Morgen", antworte ich, setze mich auf meinen Platz und sehe die beiden gespannt an. „Was ist denn los?"

László wirft meiner Mutter einen fragenden Blick zu. Als sie nickt, antwortet er: „Sonja wurde gestern Abend mit einem gefährlichen Blinddarmdurchbruch ins Krankenhaus eingeliefert. Sie musste sofort operiert werden, aber alles ist gut gelaufen. Nur darf sie in den nächsten drei Wochen auf gar keinen Fall reiten."

„Oh nein!" Ich wollte mir gerade einen Kakao eingießen, nun aber stelle ich den Krug wieder hin.

Offenbar wartet László darauf, dass meine Mutter etwas sagt. Die sieht mich ein paar Atemzüge lang nachdenklich an, dann erklärt sie: „Vor einer Stunde hat mich der erste Regieassistent angerufen. Der Arme war verständlicherweise total geschockt. Jedenfalls möchte er, dass du Sonjas restliche Stunts übernimmst."

„Wie bitte??"

Sie zuckt die Achseln. „Ja, das hat er wirklich gesagt. Er war sehr freundlich und verständnisvoll und er hat gar nicht versucht, mich zu einer Entscheidung zu drängen. Dabei steht dem Filmteam in dieser Situation das Wasser bis zum Hals. Und die Regisseurin hält dich für ein sehr mutiges und disziplinierter Mädchen, das außerdem richtig gut reiten kann. Das hat ihr Assistent mir klar und deutlich gesagt."

Mein Herz flattert wie ein aufgeregter Schmetterling. Ich werfe László einen hilflosen Blick zu, aber zu meinem Erstaunen nickt er bestätigend.

Mama schüttelt ungläubig den Kopf. „Ich geb's ja zu: Wenn man so was gesagt bekommt, platzt man als Mutter fast vor Stolz."

„Heute Morgen hat mich Angelina Jones angerufen", ergänzt László. „Sie hat mit mir die Fakten durchgesprochen: Die Szenen, in denen die Hofdame mit der Prinzessin zusammen reiten muss, sind schon alle abgedreht. Außerdem sind Sonja und du beide mittelgroß, sportlich und eher schlank. Wenn du die Prinzessin doubelst, können die Zuschauer dein Gesicht ja sowieso nicht erkennen. Und du wirst eine schwarze Perücke tragen, sodass im Kino garantiert niemand merkt, dass du zwei Rollen spielst."

„Herr Lovas versucht gerade, mich davon zu überzeugen, dass du wirklich das Zeug zu diesem Job hast. Aber ..." Mama schüttelt schon wieder den Kopf; bestimmt hat sie das Gefühl, als müsste sie jeden Moment aus einem verrückten Traum erwachen. „Ich weiß nicht. Das Ganze ist doch sicher gefährlich."

László wiegt den Kopf. „Sonja hat in diesem Film nur wenige wirklich riskante Stunts und die hat sie bis auf zwei schon alle hinter sich gebracht. Von den letzten beiden haben wir einen ein bisschen entschärft, der andere ist nicht wirklich wichtig und kann gestrichen werden. Den Damensattel könnten wir Zoe auch ersparen; damit kennt sie sich ja nicht aus. Der Kameramann wird halt aufpassen, dass er sie geschickt filmt, sodass die Zuschauer nichts merken. Was übrig bleibt, ist, dass Zoe einmal auf Xingaro neben Arpad und Favory her über ein Feld galoppieren muss. Aber Sonja und Arpad haben das schon ein paarmal geübt und galoppieren tut Zoe vermutlich nicht zum ersten Mal." Er zwinkert mir zu. „Außerdem soll sie im Schritt durch ein flaches Flüsschen reiten. Sonja wäre galoppiert, aber das geht jetzt halt nicht mehr. Der Rest sind ein paar eher einfache Stunts im Schritt, Trab und Galopp. Manche könnte April Winterheart sogar selbst reiten, wenn sie sich denn entschließen würde, auf ein Pferd zu steigen. Also, wie sieht es aus?"

Wenn das Ganze nur nicht so plötzlich käme! Hilflos breite ich die Arme aus.

„Xingaro ist lieb und sehr ruhig, halt ein typisches, cooles Westernpferd", fügt László hinzu. „Er hat auch schon Schauspieler durch die Gegend geschleppt, die überhaupt nicht reiten konnten. Darum wird er sicher gut mit dir zusammenarbeiten."

Er macht eine Pause und sieht mich auffordernd an. Aber ich fühle mich immer noch so überfahren, dass ich gar nicht weiß, was ich denken soll.

„Angelina Jones hat selbst mehrere Kinder. Sie würde niemals riskieren, dass dir etwas passiert", sagt er nach einer Weile. „Außerdem werden Attila und ich sehr gut auf dich aufpassen." Jetzt schaut er wieder meine Mutter an. „Ich sehe jedenfalls überhaupt kein Problem, falls Zoe den Job denn überhaupt machen will."

„Wann … wann braucht ihr denn eine Antwort?“, kriege ich mit Müh und Not heraus.

„So schnell wie möglich. Spätestens aber bis heute Mittag um zwölf“, erklärt László.

Das sind nur noch zweieinhalb Stunden! Mir rutscht das Herz endgültig in die Hose. Hilflos schaue ich auf meinen leeren Teller.

„Wisst ihr, was? Wir frühstücken erst mal, dann nimmst du eine Dusche“, schlägt Mama vor. „Herr Lovas, möchten Sie mit uns essen?“

„Gerne“, meint der erfreut. „Bisher bin ich noch nicht mal dazu gekommen, über Essen überhaupt nachzudenken.“

Es ist halb elf und der Sekundenzeiger meiner Armbanduhr tickt immer weiter. Ich bin mit dem Fahrrad unterwegs zu den Erdelyis. Meine Mutter hat ewig mit sich gerungen, doch dann hat sie mir erlaubt, für Sonja einzuspringen. Was László mir erklärt hat, klingt zwar einigermaßen machbar. Und wie ein richtiges Stuntgirl zu arbeiten … Das wäre gigantisch! Aber ich weiß trotzdem noch nicht, was ich machen soll. Weil ich so ratlos bin, hab ich Maja angerufen. Die meinte, ich solle einfach vorbeikommen, dann könnten wir alles mit Arpad und ihrem Vater besprechen.

Ich bin echt heilfroh, dass ich mit den Erdelyis reden kann. Denn wer bin ich schon? Ein ganz normales Mädchen, eine kleine Freizeitreiterin, für die diese Sache ganz schnell drei Nummern zu groß werden kann. Und wenn ich versage, bringe ich das ganze Filmteam in Schwierigkeiten. Davor hab ich eine Riesenangst.

Andererseits: Das hier ist meine Chance, wenn ich wirklich Stuntgirl werden möchte. Und das will ich ja. Nicht nur, weil ich dann in Filmen und im Theater auftreten werde, sondern vor allem, weil ich genauso gut reiten und genauso gut mit Pferden umgehen können will wie Herr Erdelyi, László oder Sonja. Das ist mein sehnlichster Wunsch! Und dieser Film wäre der erste Schritt – wenn ich nicht alles vermassele.

In einer Stunde muss ich dem Regieassistenten Bescheid sagen. Aber ich kann mich nur entscheiden, wenn ich vorher noch einmal in Ruhe mit den Erdelyis geredet habe. Nicht nur über meinen Einsatz für „Das Erbe der Musketiere“, sondern auch über meinen großen Traum, ein Stuntgirl zu werden. Wenn Herr Erdelyi mich dabei unterstützen will, macht mir das bestimmt ein bisschen Mut.

Als mein Fahrrad auf das Haus der Erdelyis zurollt, geht die Eingangstür auf, ein in Gedanken versunkener Arpad kommt heraus und leert einen Mülleimer in die Tonne aus. Dann bemerkt er mich und beginnt, über sein ganzes Gesicht zu strahlen. „Hi, Zoe. Was machst du denn hier?“

„Du, das Filmteam will mich als Ersatz für Sonja als Stuntgirl nehmen. Darüber will ich mit euch reden.“

Arpad nickt. „Ja, das hab ich schon mitgekriegt. László hat doch bei uns geschlafen und heute Morgen hat er lange mit der Regisseurin telefoniert. Komm rein.“

Ich folge ihm ins Wohnzimmer.

Herr Erdelyi liegt auf der Couch, er sieht erheblich besser aus als vorgestern. Maja sitzt neben ihm in einem Sessel.

Die beiden sehen sich einen Film an, der der unverständlichen Sprache nach zu schließen in Ungarn gedreht wurde.

„Hallo, Zoe“, begrüßen sie mich.

Maja rutscht zur Seite, sodass ich mich zu ihr in den Sessel quetschen kann. „Und?“, fragt sie nur.

Ich wiege den Kopf. „Genau darüber will ich mit euch reden.“

Herr Erdelyi schaltet den Fernseher aus, setzt sich auf und sieht mich gespannt an.

„Zoe ist sich nicht sicher, ob sie Sonja wirklich ersetzen kann“, erklärt Maja.

„Darüber haben Arpad und ich eben schon geredet“, beginnt Herr Erdelyi. „Wir sind beide davon überzeugt, dass du es schaffen wirst. Schau mal: Du kannst reiten. Und du hast Mut. Die Zähne zusammenbeißen kannst du auch. Außerdem will Angelina Jones die Stunts so weit entschärfen, dass sie für dich machbar sind. Was soll da noch schiefgehen?“

Maja nickt bestätigend. „In der letzten Woche hast du offenbar ein paar Leute mit deiner Courage überrascht.“

„Außerdem: Wir sind bei dir. Und wir werden dir helfen. Heiliges Ehrenwort.“ Arpad sagt das in einem so warmen Ton, dass mein Herz ganz weich wird.

Na gut, dann heißt es jetzt Farbe bekennen. „Bevor ich mich entscheide, habe ich noch eine Frage.“

Ich muss mich kurz unterbrechen, weil mein Herz so heftig wummert. „In den letzten Wochen ist mir immer klarer geworden, dass ich so werden will wie ihr. Ich meine: Später will ich auch als Stuntgirl arbeiten.“

„Oha!“, macht Arpad überrascht.

Jetzt bin ich in Fahrt. „Aber alleine schaffe ich das nicht. Ich brauche jemanden, von dem ich lernen kann.“

Herr Erdelyi lächelt. „Mal langsam, Zoe. Nun mach erst mal die Stunts für diesen Film und finde raus, ob das tatsächlich etwas für dich ist. Und wenn du dann immer noch Lust hast, bringe ich dir gerne die ersten Übungen bei. Ob du wirklich Stuntgirl werden willst, kannst du später immer noch entscheiden.“

Ich atme auf. Okay, der Anfang ist gemacht. Einen Moment überlege ich noch, dann steht mein Entschluss fest. „Gut. Ich übernehme den Auftrag.“

Arpad atmet tief durch. „Super, Zoe! Echt cool, dass du dich so entscheidest.“

Kapitel 9

Bewährungsprobe

Ich bin Stuntgirl bei „Das Erbe der Musketiere"! Eben hat Anne Davenport uns den Vertrag gemailt; Mama und ich haben ihn gleich unterschrieben und zurückgefaxt. Trotzdem kann ich immer noch nicht daran glauben. Ich bin so fassungslos, dass ich nicht mal Birte, Janine und Paulina davon erzähle, als sie am späten Nachmittag in einem Pulk von anderen Leuten bei uns auf dem Hof Buchental stehen, um uns zu verabschieden.

Wir laden die Pferde ein, dann sage ich meinen Freundinnen Auf Wiedersehen.

„Du musst uns unbedingt Autogramme von John Deacon besorgen, ja?", erinnert mich Birte, als sie mich zum Abschied umarmt.

„Klar, mache ich", verspreche ich ihr.

„Und vergiss nicht, uns zu texten", fordert mich Paulina auf.

„Ja genau", ergänzt Janine. „Das war letzte Woche immer so spannend. Und deine Fotos waren cool."

„Ehrenwort", erkläre ich und gehe zum Auto.

Meine Mutter steht neben László, der bereits auf dem Fahrersitz Platz genommen hat. Die ganze Zeit über hat sie mit ernstem Gesicht mit ihm und Herrn Erdelyi geredet. Doch nun schaut sie auf und lächelt mir zu.

„Pass gut auf dich auf“, sagt sie und nimmt mich noch einmal liebevoll in den Arm.

„Aber klar“, beruhige ich sie.

Sie tut mir glatt ein bisschen leid. Denn sie gibt sich zwar die größte Mühe, ihre Gefühle zu verbergen, trotzdem kann ich ihr anmerken, dass sie Angst um mich hat. Das kann ich gut verstehen, schließlich hab ich selbst weiche Knie.

Dann sitze ich im Auto und schaue hinaus auf die vorübergleitende Landschaft. Unsere Fahrt dauert diesmal ein bisschen länger als letzte Woche. Trotzdem spreche ich die ganze Zeit über kaum ein Wort, denn ich bin viel zu sehr damit beschäftigt, über all das nachzudenken, was in den nächsten Tagen auf mich zukommt. Die anderen verstehen offenbar, was mit mir los ist, und lassen mich in Ruhe. Gleich nachdem wir angekommen sind, lasse ich Filou auf seine Weide, die ein paar nette Leute von der Filmcrew auf den Wiesen neben dem alten Kloster für ihn eingezäunt haben.

Danach gehe ich zu Xingaro. Wie hübsch er ist, denke ich. Aber Amorio … also der ist noch ein bisschen schöner.

Ich streichele Xingaro lange und dabei spüre ich, was für ein ruhiger, lieber Kerl er doch ist. Das macht mir ein bisschen Mut; ich setze mich neben ihn ins Gras und sehe ihm beim Weiden zu. Während allmählich die Dunkelheit hereinbricht, flüstere ich ihm immer und immer wieder zu: „Morgen arbeiten wir beide zusammen, du und ich – für zwei ganze, lange Wochen.“

Jemand rüttelt mich an der Schulter, ich schrecke hoch – und mir wird klar, dass ich auf der Wiese liege und tief und fest geschlafen habe.

Wenige Schritte von mir entfernt döst Xingaro, hinter mir steht Arpad und hält mir seine Hand hin.

„Nun komm endlich ins Zelt. Es ist schon fast elf und es wird langsam echt kalt. Wenn du dir eine Grippe holst, ist hier niemandem geholfen."

Für einen Moment sehe ich ihn verwirrt an, dann lasse ich mich von ihm hochziehen. Schwankend und immer noch im Halbschlaf stehe ich da, darum packt er mich kurzerhand um die Hüfte und hält mich fest.

„Danke", murmele ich, während ich an ihn gelehnt zu unserem Zelt tapse. „Mensch, Arpad, jetzt bin ich beinahe ein richtiges Stuntgirl."

„Okay, Zoe, ganz ruhig!", murmele ich.

Es ist Montagmorgen um acht. Ich stehe mit dem gesattelten Xingaro am Zügel auf einem großen Stoppelfeld, das nur wenige Hundert Meter vom Kloster entfernt liegt. Genau hier werde ich in zwei Stunden meine ersten Stunts reiten, einige zusammen mit Arpad und die anderen mit Travis Lauter. Der ist zu meiner Überraschung vorhin bei uns an den Zelten aufgetaucht, als wir gerade gefrühstückt haben. Er hat mir zu meinem Engagement als Stuntgirl gratuliert und mir sogar gesagt, er freue sich, dass er gleich mit mir drehen würde. Das hat mir richtig Mut gemacht. Trotzdem bin ich immer noch sehr aufgeregt.

Weil ich Xingaro vor unserem ersten Einsatz unbedingt noch besser kennenlernen will, bin ich mit Herrn Erdelyi, László, Arpad und Maja hierhergekommen, um ihn schon mal ein bisschen zu reiten.

Bevor ich aufsteige, werfe ich noch einmal einen langen Blick auf das bildhübsche, muskulöse Westernpferd, schaue in seine ruhigen, freundlich leuchtenden Augen. Dann lege ich die Hand auf seine Mähne und flüstere: „Bitte lass mich nicht im Stich!“

Arpad kommt zu mir und hält Xingaro fest. Ich ziehe den Sattelgurt nach und schiebe meinen linken Fuß in den Steigbügel. Das macht mir mehr Mühe, als ich gedacht habe. Xingaro ist zwar nur ungefähr zehn Zentimeter größer als mein Filou, aber das macht auch schon einen Unterschied, erst recht, weil ich so weiche Knie habe. Dass ich mehrere Anläufe brauche, bis ich im Sattel sitze, ist mir allerdings ziemlich peinlich. Während ich es zum zweiten und zum dritten Mal versuche, warte ich die ganze Zeit über auf einen hämischen Kommentar von Arpad. Aber der kommt nicht, komischerweise.

„He, du schaffst das. Glaub mir: Du bist viel besser, als du denkst“, ermutigt er mich stattdessen.

Oha, du hast ja deine Sprache wiedergefunden! Du klingst sogar richtig lieb, denke ich. Beim Frühstück war er nämlich plötzlich und aus unerfindlichen Gründen wieder total wortkarg.

„Okay, dann werde ich’s noch mal versuchen“, schnaufe ich. Und diesmal klappt’s: Mein Fuß landet zielsicher in Xingaros Steigbügel, ich stoße mich ab, ziehe mich ein wenig mühevoll am Sattel hoch und gleite vorsichtig auf mein hohes Ross.

„Geschafft!“, seufze ich, nehme die Zügel auf und sehe mich um.

Das Stoppelfeld ist wirklich sehr groß. Weil es über einen Hügel führt, kann ich selbst vom Pferd aus das andere Ende nicht sehen.

Wenn Xingaro mir durchgeht, sind wir ruckzuck im Nirgendwo verschwunden, schießt es mir durch den Kopf. Aber er wird nicht durchgehen. Dafür ist er gar nicht der Typ.

Ich atme noch einmal tief durch und nicke Arpad zu. Der lässt den Wallach los und tritt ein paar Schritte zurück. Behutsam lege ich die Fersen an Xingaros Bauch und er setzt sich langsam in Bewegung. Ein paar Minuten lang reite ich im Schritt, damit er sich aufwärmt, dann lasse ich ihn antraben. Seine Tritte sind viel leichter als die meines kleinen, rundlichen Filou. Ich brauche gar nicht viel zu tun; fast von selbst geht er mit gebogenem Hals und aufgewölbtem Rücken. Dabei spielen seine Ohren aufmerksam hin und her. Ich werfe einen Blick zur rechten Seite, um zu sehen, wie weit wir uns schon von Arpad und den anderen entfernt haben – da macht mein Herz einen erschrockenen Hüpfer, denn Xingaro wendet sich sofort nach rechts! Er muss meine leichte Bewegung für eine Hilfe gehalten haben. Wie aufmerksam er ist und wie leicht und einfühlsam muss Sonja ihn geritten haben. Was für ein Pferd!

Mir fällt Amorio wieder ein. Wie verzweifelt er unter Emily in der Reitbahn ausgesehen hat …

Aber dann fällt mein Blick auf die Zuschauer. Sie grinsen um die Wette.

„Schau noch mal nach rechts und sieh zu, dass du dabei gerade sitzt. So drehst du deine Hüfte mit der Bewegung des Pferdes und belastest deinen rechten Gesäßknochen ein bisschen mehr. Lege gleichzeitig deinen linken Schenkel an den Pferdebauch!“, ruft mir Attila zu.

Ich tue wie geheißen – und Xingaro geht seitwärts schräg über das Feld! Ich kann an den Bewegungen seiner kräftigen Rückenmuskeln spüren, dass er seine Beine überkreuzt. Dabei wendet er seinen Kopf und seinen Hals in die Richtung, in die er sich bewegt.

Was ist das denn?, denke ich. Ich habe doch kaum etwas gemacht!

Verdutzt bringe ich ihn zum Stehen, sehe zu meinen Zuschauern hinüber und bemerke, dass sich gerade Travis Lauter zu ihnen gesellt. Deutlich kann ich hören, wie er fragt: „Was machen die beiden da?“

„Die Übung nennt sich Traversale“, erklärt László.

Ach, wirklich? Das kann ich kaum glauben. Ich, Zoe, eine zwölf Jahre alte Hobbyreiterin, habe gerade im Trab eine echte Traversale geritten. Das ist eine richtig schwere Dressurlektion. Niemals hätte ich gedacht, dass ich zu so etwas fähig bin!

„Brav gemacht“, lobe ich Xingaro und lasse ihn wieder vorwärtstraben, reite ein paar Volten und dazwischen immer und immer wieder seitwärts. Es klappt jedes Mal und ich platze fast vor Stolz. Dabei bin das eigentlich gar nicht ich, sondern dieses unglaublich liebe, unglaublich geschickte Pferd, auf dessen Rücken ich sitzen darf!

Als ich Xingaro wieder Schritt gehen lasse, ruft mir László zu: „Wie wär's, wenn du mal galoppierst?“

Auweia! Mein Pferd reagiert so fein, dass ich nicht den kleinsten Fehler machen darf, sonst ist es mit mir auf und davon. Aber na gut, nachher vor der Kamera muss ich auch galoppieren. Und wenn ich jetzt schon klein beigebe, habe ich sicherlich nicht die nötige Courage, die Dreharbeiten durchzustehen. Also treibe ich Xingaro an, atme noch einmal tief durch und will die Galopphilfen geben. Aber er muss meine Gedanken gelesen haben, denn er galoppiert ganz von alleine an! Wir fliegen regelrecht über das Stoppelfeld; langsam gewinne ich Mut, und als es den Hügel hinaufgeht, drücke ich ihm meine Fersen leicht in die Flanken, lasse die Zügel ein bisschen lockerer und sage: „Na komm!"

Er schießt los wie ein von der Sehne schnellender Pfeil. Ich gehe in den leichten Sitz und presse ganz fest meine Knie an den Sattel, der Wind pfeift in meinen Ohren und treibt mir derartig die Tränen in die Augen, dass ich kaum noch etwas sehen kann. So schnell bin ich noch nie geritten. Keine Ahnung, wie ich Xingaro dazu bringen soll, wieder langsamer zu laufen. Aber das will ich auch gar nicht; ich will einfach nur reiten, ich will fliegen, weiter und immer weiter!

Aber dann erkenne ich verschwommen, dass das Ende des Stoppelfeldes in rasendem Tempo näher kommt. Der Schreck fährt mir in die Knochen, ich nehme die Zügel an und sage mit halbwegs ruhiger Stimme: „Brrrr!"

Xingaro wird wirklich langsamer, geht zuerst in einen langsamen Galopp, dann in Trab über und lässt sich am Ende des Stoppelfeldes brav wenden. Im Schritt reiten wir zurück, dabei klopfe ich ihm begeistert den Hals und lobe ihn überschwänglich: „Gut gemacht! Du bist wirklich ein ganz tolles Pferd."

Als Xingaro sich vorsichtig den Hügel hinuntertastet, sehe ich, dass Arpad und Travis mir entgegenkommen. Was wollen die denn hier?, frage ich mich und winke ihnen zu.

Arpad grinst breit; Travis winkt zurück. Aber je näher ich ihnen komme, umso mehr wundere ich mich. Warum sehen die beiden denn so gestresst aus?

„Was hat euch denn gebissen?“, frage ich, als ich fast bei ihnen bin.

„Oooch“, macht Arpad. „Die anderen hatten Angst, dass Xingaro dir vielleicht durchgegangen sein könnte. Darum haben wir uns breitschlagen lassen, hinter dir herzugehen.“

„Keine Angst, er war genial, einfach toll!“, beteuere ich. „Er ist halt abgegangen wie eine Rakete, aber das habe ich auch so gewollt. Außerdem hat László mir doch gesagt, dass ich galoppieren soll.“

„Ja, klar“, erklärt Travis. „Aber du weißt doch, wie die Erwachsenen sind.“

„Die haben sich halt künstlich aufgeregt“, fügt Arpad hinzu. „Vor allem Papa. Der wäre am liebsten auf seinen Krücken hinter euch hergerannt. Da hab ich mich lieber gleich in Bewegung gesetzt, bevor er noch einen Schwächeanfall kriegt.“

Travis nickt nachdrücklich.

„Auweia!“ Ich werfe einen Blick zu der Gruppe von Leuten hinunter, die ein Stück entfernt am Rande des Feldes stehen. Aber sie haben wohl schon gemerkt, dass alles in Ordnung ist, denn sie reden entspannt miteinander.

„Xingaro ist ein toller Kerl“, lobe ich mein Pferd, als

ich bei ihnen angekommen bin. Dabei streichele ich dem Quarter Horse liebevoll über den Hals.

Herr Erdelyi lacht. „Na dann … Ihr beiden scheint euch noch besser zu verstehen, als wir es gehofft haben."

Und László fügt hinzu: „Dann kann für die Dreharbeiten ja wohl nichts mehr schiefgehen. Ich hab's dir doch gleich gesagt: Du kriegst das hin."

Als ich aus der Maske komme, trage ich eine schwarze Perücke und ein schönes langes Kleid, das ich wie eine echte Prinzessin anheben muss, während ich über den staubigen Asphaltweg zurück zum Stoppelfeld gehe. Dort ist schon alles voller Leute; ich hab den Eindruck, dass sich fast die ganze Crew versammelt hat, um sich die Dreharbeiten anzusehen. Diese Szene ist allerdings auch sehr wichtig, denn mit ihr wird der Film enden: Jean-Philippe d'Artagnan und Prinzessin Héloise reiten über ein Stoppelfeld und galoppieren am Ende Hand in Hand über den Hügel davon, sozusagen direkt ins Glück. Dazu wird im Film sicher eine romantische Musik gespielt.

Mir ist allerdings im Moment überhaupt nicht nach Romantik zumute. Fast eine Stunde hab ich beim Schminken zugebracht und dabei bin ich immer nervöser geworden. Am Ende hat mich sogar die nette Eileen ein paarmal entnervt ermahnt, dass ich still sitzen bleiben soll.

Die hat vielleicht gut reden! Trotz des tollen Rittes auf Xingaro ist mir völlig klar, dass es jetzt darauf ankommt. Ich bin so aufgeregt, dass ich am liebsten davonlaufen würde.

Unsicher sehe ich mich um. Na, wenigstens ist April nicht zu entdecken!

Wir werden Aufnahmen mit Arpad und mit Travis machen. Beide sind schon da. Sie tragen exakt das gleiche Kostüm und eine lange dunkle Perücke. Mit Favory am Zügel stehen sie neben der Regisseurin, während László nur ein paar Meter von ihnen entfernt Xingaro herumführt.

Angelina Jones winkt mich zu sich. Dann schüttelt sie mir doch tatsächlich die Hand; dabei lächelt sie mich an und sagt ein paar Worte, die Travis übersetzt: „Sie bedankt sich bei dir, weil du für Sonja einspringst. Und sie sagt, sie könne sich sehr gut vorstellen, dass dich dieser Einsatz ganz viel Mut kostet."

Ich werfe ihr einen verlegenen Blick zu, aber sie nickt nachdrücklich. Dann redet sie weiter und Travis erklärt: „Arpad und du, ihr sollt jetzt einfach nur schön umeinander herumreiten. Danach sind wir beide dran. Wenn der Film später geschnitten wird, wird sie sich einfach die besten Szenen heraussuchen; natürlich nur solche, in denen man dich und Arpad nicht erkennen kann. Dazwischen schneidet sie Aufnahmen hinein, in denen April und ich verliebte Gesichter machen. Im Film wird das so wirken, als würden wir dabei auf unseren Pferden sitzen."

„O… okay", bringe ich mühevoll hervor. Dann kriege ich einen Schrecken, weil Angelina Jones mir unerwartet ihre Hand auf die Schulter legt und wieder etwas zu mir sagt.

„Angelina sagt, du schaffst das", übersetzt Travis. „Sie denkt, du und Xingaro werdet wundervoll zusammen aussehen. Sie hat übrigens absolut recht damit." Er zwinkert mir zu.

„O ja", meldet sich Arpad. „Die werden ganz tolle Szenen mit dir drehen. Besonders, wenn ich mit dir reite." Er grinst mich an.

„*Thank you* – danke", sage ich zu der Regisseurin. Sie strahlt ein derartig unerschütterliches Vertrauen in mich aus, dass mir ganz warm ums Herz wird. Meine Aufregung legt sich ein bisschen; ich gehe mit festen Schritten zu Xingaro und schaffe es sogar, bereits bei meinem zweiten Versuch den Steigbügel zu erwischen.

Kaum sitze ich im Sattel, heißt es auch schon: „*Action!*"

Arpad gibt wirklich alles; Favory geht sogar Passagen und piaffiert. Ich hab gar nicht gewusst, dass er so was auch gelernt hat!

Da kann ich absolut nicht mithalten. Aber ich tue, was möglich ist, lasse Xingaro immer wieder seitwärtstraben oder galoppiere um Favory herum. Mein liebes Pferd weiß offenbar genau, um was es geht, denn es gehorcht auf jede kleine Hilfe. Allmählich macht mir das Ganze sogar Spaß und irgendwann hab ich fast vergessen, dass wir einen Film drehen. Ich bin ganz bei Xingaro, der sich mit tänzerischer Leichtigkeit bewegt, und bei Arpad, der in seinem tollen Kostüm wieder total heldenhaft aussieht. Und er reitet genauso: Jetzt lässt er Favory sogar vor mir steigen! Ich bin ganz schön beeindruckt …

Xingaro merkt das sofort; er reagiert verwirrt – und beginnt zu piaffieren. Ich sitze ganz still auf seinem Rücken und registriere kaum, dass Favory vor mir wieder auf seine

Vorderhufe kommt. Arpad reitet näher an Xingaro und mich heran und streckt seine Hand nach mir aus. Ich fühle mich wie verzaubert, als ich sie ergreife.

Dann schnalzt Arpad mit der Zunge und schon geht's los! Nebeneinander galoppieren unsere Pferde mit wehenden Mähnen den Hügel hinauf, und weil Arpad und Sonja letzte Woche gründlich geübt haben, bleiben sie trotz des schnellen Tempos eng beieinander. Alles ist ganz leicht und einfach nur wunderschön.

Beinahe magisch.

Auch, als wir hinter der Hügelkuppe verschwunden sind, lässt Arpad mich nicht sofort los. Das macht er erst, als wir das Ende des Feldes fast erreicht haben und unsere Pferde im Schritt gehen lassen.

„Gut gemacht", lobt er mich. „Du kannst das; ich hab das doch gleich gewusst!"

Ich strahle ihn an. „Das ... das hat sogar richtig Spaß gemacht!", schnaufe ich und klopfe meinem Pferd den Hals. „Du, eigentlich hat aber Xingaro den größten Teil der Arbeit geleistet."

Arpad wiegt den Kopf. „Das kann man so und so sehen, finde ich. Ein Reiter kann ein gutes Pferd auch stören. Wenn er ihm zu viel Druck macht, falsche Hilfen gibt oder einen schlechten Sitz hat, hindert er es daran, sich schön und elegant zu bewegen. So was tun sogar erschreckend viele Reiter. Du aber hast Xingaro einfach machen lassen. Nur darum konnte er so gut zeigen, was er draufhat."

Als wir unsere Pferde wenden, beginnt er zu grinsen. „Weißt du, was? Eigentlich bin ich froh, dass ich die Szene mit dir geritten habe und nicht mit Sonja. Mit einer Frau zu flirten, die vom Alter her meine Mutter sein könnte, wäre mir bestimmt ziemlich schwergefallen."

Ich muss lachen. „Da bin ich schon eher deine Kragenweite, oder wie?"

Aber Arpad wirft mir nur einen Blick zu, den ich mal wieder nicht deuten kann.

Als wir wieder bei der Filmcrew sind, überschüttet uns Angelina Jones mit Lob.

„Da waren tolle Aufnahmen dabei", übersetzt Travis. „Zwischen euch – wie sagt man doch gleich …? – zwischen euch ist einfach die richtige Stimmung. Das Wegreiten müsst ihr gar nicht noch mal wiederholen, weil es einfach nicht besser geht."

Letzteres finde ich glatt ein bisschen schade. Aber gleichzeitig platze ich fast vor Stolz.

Dann ist Travis Lauter mit dem Reiten an der Reihe.

Ich merke sofort, dass zur Abwechslung mal ich der bessere Reiter bin. Wir reiten wieder umeinander herum, er allerdings meistens im Schritt. Und selbst dann kriegt er es nicht hin, Favory seitwärtsgehen zu lassen.

Trotzdem ist Travis ein klasse Schauspieler. Denn durch seine lässige Körperhaltung, seine eleganten Bewegungen und sein charmantes Lächeln wirkt auch er wie ein Held, der gerade siegreich aus einem Kampf zurückgekehrt ist. Die blutrote Farbe, die dramatisch seinen zerrissenen linken Ärmel ziert, deutet auch genau das an. Und Travis schaut mir die ganze Zeit über derartig verliebt ins Gesicht, dass die Zuschauer im Kino mit Sicherheit in ihren Sitzen dahinschmelzen werden wie Vanilleeis in der Sommersonne. Sogar ich muss mir immer wieder sagen, dass das alles ja nur Theater ist.

Ach, wenn Arpad mich nur ein einziges Mal so anschauen würde.

Huch!!!

Wie ein Blitz ist mir der Gedanke durch den Kopf geschossen. Ich erschrecke, Xingaro spürt es und rammt alarmiert seine Hufe in den Boden. Schnell drücke ich ihm meine Fersen in den Bauch und er trabt brav wieder an.

Wie unprofessionell war das denn?, ermahne ich mich ärgerlich.

Von nun an reiße ich mich zusammen und gebe mir noch mehr Mühe, mich ganz auf meine Arbeit zu konzentrieren. Tatsächlich kann ich die Frage unterdrücken, die sich immer und immer wieder in meinen Kopf drängen will: Hab ich das eben etwa wirklich gedacht …?

Kapitel 10

Liebesgeschichten

Die nächsten Stunden ziehen wie im Traum an mir vorbei: Beim Mittagessen mit den anderen rede ich so wenig, dass mich Herr Erdelyi besorgt fragt, ob alles in Ordnung ist. Am Nachmittag bin ich zum Glück wieder nur eine einfache Statistin, muss als Hofdame auf dem stehenden Filou sitzen oder im Schritt in einer Gruppe von Leuten reiten, die im Film zu den Bösen gehören und mich gefangen genommen haben. Wir müssen die Szenen ein paarmal wiederholen, aber das Ganze kostet mich nicht übermäßig viel Konzentration und ich kann endlich halbwegs in Ruhe nachdenken.

Am frühen Abend gehe ich in Jeans und Turnschuhen vom Kloster zu den Pferdeweiden und summe leise vor mich hin. Denn ich bin wieder mit mir im Reinen und völlig sicher: Nein, ich bin nicht in Arpad verliebt. Okay, er sieht gut aus, er ist ein netter Kerl, ein prima Kumpel und ein toller Reiter. Aber es kann doch nicht sein, dass ich mich gleichzeitig in ihn verknallt habe und über seine arroganten Sprüche schwarzärgere. Liebe muss etwas ganz anderes sein: Man hat den perfekten Jungen gefunden, der einem supergut gefällt und den man einfach nur total gerne mag. Und zwar zu hundert Prozent. Das ist Harmonie pur, das perfekte Glück.

Als ich durch das mit prachtvollen Ornamenten verzierte Tor des Klosters gehe, bemerke ich, dass Travis am Weg auf einem Stein hockt und aufmerksam auf sein Smartphone schaut. Trotzdem sieht er mich, sagt etwas in sein Handy und ruft: „Hallo, Zoe. Komm doch mal kurz rüber!"

Als ich neben ihm stehe, hält er mir sein Handy unter die Nase. Anscheinend ist er gerade bei Skype.

Auf dem Bildschirm ist ein Mädchen zu sehen. Es ist ungefähr fünfzehn oder sechzehn und wirkt nicht unbedingt superschlank, aber sehr sportlich. Obwohl sie nur Jeans und ein ziemlich schmutziges T-Shirt trägt, ist sie mit ihren langen dunkelblonden Haaren, den großen grünen Augen, den vollen Lippen und den Sommersprossen um ihre Nase ziemlich hübsch. Außerdem hat sie ein sympathisches Lächeln.

„*Hello, Zoe!*", ruft sie.

„Das ist meine Freundin Kim", erklärt Travis. „Ich wollte dich ihr unbedingt zeigen, weil du die jüngste Stuntreiterin bist, die ich kenne."

„*Hello, Kim*", grüße ich zurück. Sie will gerade etwas sagen, aber da wird sie gerufen. Also lächelt sie uns nur kurz entschuldigend zu, winkt und macht ihr Handy aus.

Mit einem leisen Seufzer steckt Travis sein Smartphone weg. Mitfühlend lege ich ihm die Hand auf die Schulter. Er lächelt traurig.

„In meinem Beruf ist man eben viel unterwegs. Da kann man nicht so oft bei den Leuten sein, die man lieb hat. Aber wenn Kim und ich uns wiedersehen, haben wir immer besonders viel Zeit füreinander. Dann ist es umso schöner."

Ich nicke.

„Weißt du, Kims Eltern haben in Arizona eine große Ranch mit Rindern, vielen Pferden und so. Kim möchte das alles später übernehmen. Sie ist total tough. Du solltest mal sehen, wie sie reitet und wie sie mit den Pferden umgeht!"

Er ruft ein Foto auf, das Kim mit einem Cowboyhut auf dem Kopf auf einem fuchsfarbenen Westernpferd zeigt. Ein paar Atemzüge lang schaut er es mit verträumtem Gesicht an, dann lächelt er. „Als ich die Hauptrolle in ‚Das Erbe der Musketiere' bekommen habe, wollte sie unbedingt, dass ich reiten lerne. In den nächsten vier Wochen hat sie es mir beigebracht."

„Waaas?", rufe ich aus. „Du hast nur vier Wochen gebraucht, um all das zu lernen, was du jetzt kannst? Das war ja wohl echt 'ne Leistung. Die meisten Leute brauchen für so was viel länger, vielleicht ein halbes Jahr oder so."

Travis grinst schief. „Du kennst Kim nicht. Ich hab mindestens vier Stunden am Tag auf dem Pferd gesessen, am Schluss sogar noch länger."

Er verdreht die Augen. „In den ersten Tagen konnte ich hinterher kaum noch laufen."

„Das wäre jedem so gegangen", tröste ich ihn.

Er nickt. Dann piept plötzlich sein Handy. „Oh, ich muss jetzt in die Maske. Heute Abend drehen wir noch eine romantische Szene bei Sonnenuntergang." Er verzieht das Gesicht. „Ich muss April küssen. Tja, so was gehört zu den kleinen Freuden des Schauspielerlebens."

„Na, dann viel Vergnügen", sage ich und grinse ihn an.

Er zuckt die Achseln. „Ich werde beim Küssen halt an

Kim denken." Dann steht er auf und klopft sich den Staub von der Hose.

Mir fällt plötzlich etwas ein: „Äh, Travis, eine Frage: Meine Freundin Birte schwärmt total für John Deacon. Sie hat noch keine einzige Folge seiner Vampir-Serie verpasst … Könntest du ihm sagen, dass ich für Birte dringend ein Autogramm von ihm brauche?"

„Kein Problem, das mache ich", erklärt er und steht auf. „Schönen Abend."

Dann dreht er sich um und spaziert in Richtung Kloster.

Ich dagegen gehe weiter zu den Pferdeweiden und denke darüber nach, dass ich meinen Freundinnen jetzt eine Illusion nehmen muss. Denn Travis Lauter hat eine Freundin; er ist also definitiv nicht in mich verknallt. Erstaunt stelle ich fest, dass mir das gar nicht viel ausmacht. Dabei hab ich Travis noch vor ein paar Tagen bewundert, ja regelrecht angehimmelt. Jetzt kenne ich ihn und ich mag ihn auch richtig gerne. Aber er ist einfach nicht der Typ, in den ich mich verlieben könnte. Außerdem: *Mir* war schon immer klar, dass er mit seinen 17 Jahren auf einem anderen Dampfer fährt als ich.

Die nächsten drei Tage vergehen wie im Flug. Ich hab jede Menge zu tun, weil ich abwechselnd die Hofdame spiele und April Winterheart doubele. Die Stunts, die ich machen muss, sind nicht schwer und Xingaro ist extrem lieb. Darum werde ich immer sicherer. Und weil ich jetzt nicht mehr nur als Dekoration im Hintergrund diene, sondern als Stuntgirl öfter in Nahaufnahme gezeigt werde, frage ich mich andauernd, wie ich wohl in dem fertigen Film aussehen werde.

Als ich am frühen Freitagmorgen unterwegs in die Maske bin, treffe ich auf halbem Wege auf Travis Lauter.

„Guten Morgen“, sagt er. „Hast du einen Moment Zeit?“

„Ja klar“, antworte ich und bleibe stehen. „Gibt’s was Besonderes?“

Er nickt. „Gestern war mein letzter Drehtag. Gleich kommt der Wagen und bringt mich zum Flughafen.“

„Oh.“ Damit hatte ich noch gar nicht gerechnet; immerhin vergeht noch mehr als eine Woche, bis die Dreharbeiten beendet sind. „Du spielst doch die Hauptrolle. Ich hab gedacht, dass du bis zum letzten Tag bleiben würdest.“

Er schüttelt den Kopf. „Nein. Meine restlichen Szenen werden in einem Filmstudio in Hollywood gedreht.“

„Ja klar, das macht Sinn“, stelle ich fest. „Trotzdem ist es schade, dass du schon abreist.“

„Mir tut’s ja auch ein bisschen leid“, gesteht er. „Aber es hat mich echt gefreut, dich und Arpad kennenzulernen. Ihr beiden seid … *You’re really great.*“

Jetzt werde ich ganz verlegen. „Äh … aha. Das … hmm … Tut echt gut, das zu hören.“

Er lächelt mich an. „Seid ihr bei Facebook?“

„Ja, äh … schon“, stottere ich.

„Dann lass uns mal in Kontakt bleiben, ja?“

„Total gerne!“, freue ich mich.

„Super! Übrigens: Ich habe gestern endlich mal wieder mit John zusammen gedreht.“

Ich grinse. „Dann hat er dich bestimmt massakriert.“

Er lacht. „Nein, diesmal habe ich ihn umgebracht. Er musste ganze sechs Mal mausetot umfallen. Aber er hat mir versprochen, dir ein paar Autogrammkarten zu geben, wenn er dich das nächste Mal sieht. Mit persönlichen Widmungen! Dafür musst du ihm aber die Namen deiner Freundinnen geben."

„Danke", sage ich. „Das ist wirklich ..."

„Travis!", ruft jemand aus dem Klosterhof. „*Your car!*"

Tatsächlich, von Weitem ist ein weißes Auto zu erkennen, das langsam auf das Kloster zufährt.

„Dann mach's gut. Versprich mir, dass du noch in ganz vielen Filmen reitest!" Er nimmt mich in den Arm und drückt mich ganz fest, dreht sich um und geht mit eiligen Schritten zurück zum Kloster, um seine Koffer zu holen.

Ein paar Atemzüge lang sehe ich ihm nach. Dann trete ich zur Seite, um das Auto durchzulassen.

Da kommt Arpad!, stelle ich dabei fest. Er muss gesehen haben, dass Travis mich umarmt hat. Sicher glaubt er jetzt, dass wir ineinander verknallt sind. Was mach ich denn nur?

Im ersten Moment möchte ich ihm sofort erklären, dass da überhaupt nichts zwischen uns ist. Aber im zweiten Moment denke ich: Bloß nicht! Wie ich Arpad kenne, grinst er mich dann bloß blöde an und sagt, dass ihm das sowieso egal sei. Wahrscheinlich stimmt das sogar.

Jetzt kriege ich die Wut, obwohl ich gar nicht so genau weiß, warum.

Ach, soll Arpad doch glauben, was er will!, beschließe ich grollend. Warum mache ich mir überhaupt so viele Gedanken?

Eilig gehe ich weiter zum Kloster, trotzdem holt mich Arpad am Tor ein.

„Tja, jetzt ist Travis weg. Leider. Viel Spaß mit deinem Liebeskummer!“, sagt er spöttisch, während er mich mit großen Schritten überholt.

Das macht mich erst richtig sauer. Arpad, am liebsten würde ich dich zum Teufel jagen!, denke ich zornbebend.

Für den Rest des Tages gehe ich ihm konsequent aus dem Weg. Als wir uns am frühen Nachmittag auf den Rücksitz von Lászlós Jeep zwängen, um zurück nach Hof Buchental zu fahren, hab ich immer noch kein Wort mit ihm gesprochen. Ganz bewusst steige ich als Letzte ein, damit Maja wie ein Puffer zwischen uns sitzt.

Während die beiden Erwachsenen auf den Vordersitzen lebhaft miteinander reden und lachen, ist es bei uns auf der Rückbank totenstill. Mit einem Lasst-mich-bloß-in-Ruhe!-Blick starre ich aus dem rechten Fenster, während Arpad mit gleichgültigem Gesicht aus dem linken schaut. Immer wieder wandern Majas Augen von mir zu ihrem Bruder und wieder zurück.

„Warum fallt ihr beiden eigentlich immer in den Schweigemodus, sobald ihr im Auto sitzt?“, fragt sie irgendwann.

Aber ich zucke nur die Achseln. Ich hab nämlich keine Ahnung, was ich ihr sagen soll. Eigentlich weiß ich sogar selbst nicht genau, wo das Problem liegt.

Erst am späten Samstagnachmittag mache ich mich auf den Weg in den Reitstall. Eigentlich möchte ich Filou nur ein paar Möhren bringen, denn heute genießt er seinen wohlverdienten Pausentag auf der Weide. Doch als ich auf dem Hof Birtes Mutter begegne, fällt es mir siedend heiß ein: Wir sind für heute Abend bei Paulina verabredet! Oh Mann! Das hätte ich fast vergessen. Schon wieder! Dabei hab ich den dreien so viel zu erzählen und die tollen Autogrammkarten, die ich noch gestern Nachmittag bei John Deacon abgestaubt habe, will ich ihnen doch auch unbedingt geben. Sie werden sich tierisch freuen, Birte ganz besonders. Und wenn ich ihnen erzähle, dass Travis mich auf Facebook addet, kriegen sie garantiert große Augen.

Dann fällt mir ein, dass sie ja auch noch gar nicht wissen, dass ich jetzt für den Film als Stuntgirl arbeite! Ich freue mich schon auf ihre Gesichter, wenn ich die Bombe platzen lasse.

Trotzdem: Wie kann es nur sein, dass ich zum zweiten Mal eine Verabredung mit meinen Freundinnen vergesse? Das macht mir echt was aus und ich zerbreche mir darüber den Kopf, während ich weiter über den Hof zum Seitentor spaziere. Allmählich schwant mir die Antwort: Was ich diese Woche beim Film erlebt habe, ist wie in einer anderen Welt passiert. Der Unterschied zu meinem normalen Leben ist so groß, dass ich nur ganz selten an Hof Buchental gedacht habe. Der Einzige, der mir mal durch den Kopf gegangen ist, war Amorio. Außerdem … Seit ich Arpad und Maja kennengelernt habe, hab ich wirklich viel Zeit mit ihnen verbracht. Die Arbeit als Statistin und als Stuntgirl hat das Übrige getan.

Ich bin so tief in meinen Gedanken versunken, dass ich

beinahe in Kerstin und Abendwind hineingelaufen wäre. Der Schreck fährt mir ziemlich in die Knochen. Kerstin trägt es dagegen mit Fassung.

„Na, Zoe, du bist in deinen Gedanken wohl immer noch beim Film“, sagt sie lächelnd, während sie ihr Pferd an mir vorbeiführt. Als die beiden im Innenhof verschwunden sind, fällt mir der Reitplatz ins Auge. Und da arbeitet momentan nur ein einziges Pferd: Amorio!

Wie schön er ist, denke ich wieder einmal und mein Herz krampft sich zusammen. Natürlich sitzt Emily im Sattel, gewohnt kerzengerade und voll konzentriert. Trotzdem schlägt ihr Pferd hektisch mit dem Schweif und seine Bewegungen wirken merkwürdig verkrampft.

Mit Amorio stimmt wirklich was nicht! Noch einmal schießt mir dieser Gedanke durch den Kopf. Ich seufze leise. Bleib cool, Zoe! Du kannst daran nichts ändern, sage ich mir. Erst recht, weil du ja nur eine Ahnung hast. Du könntest Emily doch gar nicht sagen, was mit Amorio los ist – falls sie dir denn überhaupt zuhören würde.

Bedrückt zucke ich die Achseln und setze mich wieder in die Richtung von Filous Weide in Bewegung. Doch schon nach wenigen Schritten muss ich fast zwanghaft wieder zu Amorio hinübersehen. Und dabei fällt mir auf, dass Emily noch einen Zuschauer hat. Weil er im Schatten einer knorrigen alten Eiche steht, ist er mir anfangs gar nicht aufgefallen. Dieser Zuschauer ist Arpad. Lässig lehnt er an dem dicken Stamm und beobachtet Emily interessiert.

Was hat er mit dieser blöden Zicke zu schaffen?, denke ich ärgerlich. Plötzlich habe ich das Gefühl, eine Schlange würde durch meinen Bauch kriechen und ihren schleimigen Körper um meine Eingeweide winden. Trotzdem trete ich näher. Das heißt: Ich schleiche an die beiden heran wie ein Raubtier an seine Beute.

Emily gibt sich heute offenbar besonders viel Mühe. Gerade wie ein Stock sitzt sie im Sattel und sie drückt Amorio ihre kurzen Sporen besonders fest in den Bauch. Angenehm ist das dem armen Tier sicher nicht. Ein Grund mehr, warum er sich so verkrampft.

Oh Mann, Arpad, warum sagst du denn nichts? Bist du so fasziniert von Emily, dass du gar nicht merkst, was sie tut?, schießt es mir durch den Kopf. Ich pirsche mich noch näher heran und gehe hinter einem Strauch in Deckung.

Da!

Amorio reißt den Kopf hoch, bremst ab und macht Anstalten, sich auf die Hinterbeine zu stellen. Emily stößt einen Wutschrei aus und knallt ihrem Pferd die Sporen regelrecht in den Bauch; der Wallach macht einen großen Satz und trabt hektisch weiter.

Jetzt wird Arpad endlich aktiv, er klettert zwischen den Umzäunungsbalken des Reitplatzes hindurch und geht auf die beiden zu. Emily lässt ihrem Pferd die Zügel lang, reitet im Schritt zu ihm hin und sieht ihn erwartungsvoll an.

„Amorio ist wirklich ein tolles Pferd“, beginnt Arpad vorsichtig, als sie den Falben neben ihm anhält.

Oh, der Herr versucht es zur Abwechslung mal mit Diplomatie, denke ich. Dabei ist das nun wirklich nicht seine Stärke. Zumindest, wenn er es mit mir zu tun hat.

Emily lächelt verkrampft und nickt.

„Er geht allerdings ein bisschen verspannt, findest du nicht auch?“, fährt er fort.

„Ja, leider“, gibt sie mit wackeliger Stimme zu. Sie scheint beinahe erleichtert zu sein, dass Arpad sie darauf anspricht, denn jetzt bricht es geradezu aus ihr heraus. „Ich reite wirklich nicht schlecht. Alleine in diesem Frühjahr habe ich mit Abendwind fünf L-Dressuren gewonnen und jede Menge Platzierungen gemacht. Aber Amorio … Er ist so nervös und so unwillig. Ich glaube, der hat einfach keine Lust. Dabei hat mein Vater ein kleines Vermögen für ihn bezahlt. Was soll ich denn nur mit ihm machen?“

Arpad wiegt den Kopf. „Na ja, ich denke schon, dass er brav sein möchte und arbeiten will. Aber du darfst nicht vergessen: Er ist zur Hälfte ein Lusitano. Das sind ganz freundliche, ungeheuer reaktionsschnelle und bewegliche Pferde. Aber …“

Er macht eine kurze Pause.

„Weißt du, alle Pferde brauchen Zeit, um sich an eine fremde Umgebung und an einen neuen Reiter zu gewöhnen“, fährt er dann fort. „Aber Amorio ist besonders sensibel. Vielleicht wäre es besser, ihn für ein paar Tage einfach auf die Weide zu stellen. Danach fängst du ganz langsam mit ihm an, zuerst mit ein bisschen Bodenarbeit und gemütlichen Spaziergängen. Dann macht ihr entspannte Ausritte. Und in zwei, drei Wochen kommen die ersten Dressurlektionen. Wetten, dann ist er ganz anders drauf?“

Traurig zuckt Emily die Achseln. „Das geht nicht. Erstens hat mir Papa streng verboten, mit meinen Pferden ins Gelände zu gehen, egal ob bei Spaziergängen oder bei

Ausritten. Sunrise und Amorio sind dafür nämlich viel zu wertvoll. Sie dürfen sich auf gar keinen Fall verletzen."

Elegant schwingt sie sich aus dem Sattel; als sie mit federnden Knien auf dem Boden landet, steht sie genau vor Arpad. Die beiden sind gerade noch eine Armlänge voneinander entfernt.

Die Schlange in meinem Bauch windet und dreht sich noch heftiger als zuvor.

„Außerdem sind wir schon am nächsten Wochenende für unsere erste Turnierprüfung angemeldet. Bis dahin müssen wir unbedingt fit sein", fährt sie fort.

Irre ich mich oder klingt ihre Stimme jetzt ganz anders als eben – leiser und weicher, fast wie ein zärtlicher Windhauch in den Zweigen der Eiche?

Arpad scheint diese Veränderung nicht zu bemerken. „Na dann", sagt er und schüttelt fast unmerklich den Kopf. „War ja nur so eine Idee."

„Außerdem …" Emilys Stimme ist jetzt wieder etwas lauter und sie klingt, als wäre sie den Tränen nahe. „Sensibel hin oder her, ich weiß wirklich nicht, was Amorio fehlen sollte. Er hat eine große, schöne, saubere Box, genug zu fressen und täglich ein paar Stunden Auslauf auf der Weide. Da kann er sich doch wenigstens ein bisschen Mühe geben."

Dann wirft sie sich in Arpads Arme und fängt an zu heulen. Verwirrt sieht Arpad sie an, dann tätschelt er ihr unbeholfen den Rücken.

Die Schlange in meinem Bauch drückt meine Eingeweide zusammen, mit einer solchen Kraft, dass mir schlecht wird.

Gleichzeitig sehe ich rot. Ja, wirklich: Vor meinen Augen tanzen dunkelrote Flecken; nur undeutlich kann ich erkennen, dass Arpad neben Emily hergeht, als sie sich mit Amorio am Zügel in Richtung Seitentor in Bewegung setzt. Dabei hat er immer noch seinen Arm um ihre Schulter gelegt.

Wie kann er sich nur mit so einer blöden Kuh wie Emily einlassen?, denke ich wütend. Am liebsten würde ich jetzt aus meinem Versteck hervorschießen, Emily eine Ohrfeige geben und Arpad das Gröbste zuerst sagen. Aber das darf ich natürlich auf gar keinen Fall tun. Dann würde Arpad ja doch nur wieder einen seiner arroganten Sprüche loslassen. Außerdem gäbe es jede Menge blöder Gerüchte. Davon abgesehen geht mich das Ganze eigentlich gar nichts an. Arpad kann trösten, wen er will. Basta.

Die beiden sind jetzt endgültig aus meinem Blickfeld verschwunden. Darum setze ich meinen Weg in Richtung von Filous Weide fort. Aber in mir brodelt es wie kochende Lava in einem Vulkan.

Als Filou mich sieht, hebt er den Kopf, wiehert mir zu und kommt mir mit gespitzten Ohren entgegen. Ich klettere unter dem Zaun hindurch und gebe ihm ein Stück Möhre.

„Ach, mein lieber Schatz“, seufze ich und lege meine Arme um seinen Hals. „Ich bin so froh, dass ich dich habe! Du bist weder so eingebildet wie Emily noch so undurchschaubar wie Arpad. Dabei heißt es doch immer, ihr Pferde wärt besonders komplizierte Wesen.“

Ich drücke meine Wange in sein Fell und er nuschelt mit seinen weichen Nüstern liebevoll in meinen Haaren. Das tut mir richtig gut und ich bleibe noch eine Weile bei ihm.

„Weißt du, was?", sage ich nach einiger Zeit. „Eigentlich hab ich mich auf dieses Wochenende gefreut; auf Mama und Hektor, aufs Ausschlafen, auf meine Freundinnen ... Aber jetzt bin ich beinahe froh, dass wir morgen schon wieder zum Kloster zurückfahren. Da muss ich wenigstens nicht dabei zusehen, wie Emily mit dem armen Amorio umspringt und wie sie Arpad um ihren kleinen Finger wickelt."

Kapitel 11

Ein besonderer Stunt

Heute muss ich durch den Fluss reiten!

Das ist mein erster Gedanke, als mich am Dienstagmorgen der Wecker meines Smartphones aus dem Schlaf holt. Es ist total früh, denn Angelina Jones will die Szene im geheimnisvoll-romantischen Licht der Morgendämmerung drehen.

Gestern war ein eher ruhiger Tag. Das Einzige, was mir ein bisschen Stress gemacht hat, waren das schwülheiße Wetter und die Tatsache, dass ich abwechselnd die Prinzessin und deren Hofdame gespielt habe und darum mehrmals in aller Eile das Kostüm wechseln und umgeschminkt werden musste. Trotzdem bin ich über den Nachmittag immer nervöser geworden, weil ich andauernd an den Stunt heute denken musste. Und wenn ich gestern Abend nicht so müde gewesen wäre, hätte ich wohl die halbe Nacht nicht geschlafen.

Der Grund für meine Aufregung ist, dass ich noch nie durch einen Fluss geritten bin. Und heute muss ich das gleich vor der Kamera machen …

Na gut, das Gewässer, das ganz in der Nähe des Klosters Eibelwang durch ein Tal fließt, ist wohl eher ein Flüsschen. Am letzten Donnerstag, als wir mal zwei Stunden lang nichts zu tun hatten, bin ich mit Arpad, Maja und László dort hingegangen und habe es mir angeschaut. László und ich sind sogar hineingewatet und dabei hat mir das Wasser selbst an den tiefsten Stellen höchstens bis zu den Knien gereicht. Trotzdem war die Strömung so stark, dass ich mich manchmal kaum auf den Beinen halten konnte. Das hat mir schon ein bisschen Angst gemacht. Bloß kommt heute noch hinzu, dass es hier vorgestern den ganzen Tag in Strömen geregnet hat. Über dem Kloster Eibelwang sollen stundenlang wahre Wolkenbrüche niedergegangen sein. Darum ist das Flüsschen erschreckend angeschwollen. Da muss ich jetzt durch, im wahrsten Sinne des Wortes. Wenigstens kann ich gut schwimmen; wenn es wirklich Probleme gibt, werde ich mir zu helfen wissen. Aber Xingaro …

„Hoffentlich ist er nicht wasserscheu!“, hab ich schon am vergangenen Donnerstag zu László gesagt.

Doch er hat mich beruhigt. „Da brauchst du keine Angst zu haben. Sonja hätte dieser Szene nie und nimmer zugestimmt, wenn ihr Pferd Angst vor Wasser hätte.“

Trotzdem würde ich heute viel lieber mit Filou drehen, weil ich mein Pony einfach besser kenne als Sonjas Quarter Horse. Filou liebt Wasser heiß und innig; sogar im Winter würde er am liebsten in jeder großen Pfütze herumpatschen.

Aber da ist leider nichts zu machen, ich doubele nun mal die Prinzessin und die reitet eben auf dem schicken Pferd und nicht auf dem kleinen Pony. Wenigstens fährt mich April inzwischen nicht mehr an; stattdessen tut sie so, als wäre ich gar nicht da. Aber das macht mir nichts aus, denn sämtliche anderen Leute vom Filmteam sind echt nett zu mir.

Ich rappele mich hoch, reibe mir noch mal die Augen und tapse zu Arpad und Maja hinüber, die auf der anderen Seite des Zeltes in ihren Schlafsäcken liegen. Dann muss ich lächeln. Die beiden haben den Wecker offenbar überhört, und wie Arpad so daliegt, total entspannt auf seiner rechten Seite, mit einem Strang seiner dunklen, lockigen Haare über dem linken Auge, sieht er richtig süß aus.

„Hey!"

Plötzlich schießt seine linke Hand vor, packt mein Fußgelenk und zieht daran.

„Du ... du gemeiner ...", schnaufe ich, aber Arpad grinst nur. „Gerade hab ich hin und her überlegt, wie ich dich Morgenmuffel wach kriege, ohne dass du deswegen sauer bist. Und zum Dank erschreckst du mich fast zu Tode", schimpfe ich.

„Bleib cool! Jetzt hast du wenigstens Maja aufgeweckt, denn die hat wirklich noch tief und fest geschlafen", kontert er.

Seine Schwester gähnt. Dann murmelt sie: „Zoe hat endlich mal 'nen Eindruck davon gekriegt, wie es ist, wenn man mit einem älteren Bruder geschlagen ist."

„So schlimm hätte ich's mir echt nicht vorgestellt", knurre ich, nehme die Taschenlampe und gehe auf die Wiese, um die Pferde zu füttern.

Angelina Jones hat heute echt Glück, erkenne ich, während ich zu Lászlós Auto spaziere, um die Futtereimer zu füllen. Über den Wiesen liegt nämlich ein feiner Nebel, durch den ich die hungrig an ihren Zäunen wartenden Pferde nur schemenhaft erkennen kann. Genauso hat es sich unsere Regisseurin gewünscht.

Dieser Tag fängt ja wohl gar nicht so schlecht an, denke ich. Also gut. Flussüberquerung, du kannst kommen!

Rot glühend spiegelt sich die Sonne auf dem Wasser, als wir uns am Flüsschen versammeln. Ein paar Meter von mir entfernt steht die Kamera-Crew und László wartet mit Bailador am gegenüberliegenden Ufer auf seinen Einsatz.

In der Szene ist die Prinzessin auf der Flucht vor dem bösen François d'Arnouville. Nichts ahnend reitet sie ein Stück in den Fluss hinein, als François vom anderen Ufer aus im Galopp auf sie zustürmt. Sie schreit laut auf – das ist der einzige Laut, den ich in dem ganzen Film von mir geben darf! – und wendet ihr Pferd. Aber François ist schneller und packt sie am Arm; sie wehrt sich vergeblich und wird gefangen genommen.

Theoretisch ist das alles ganz einfach. Und László hat mit Sicherheit die schwierigere Rolle. Er muss ja durch den Fluss galoppieren, während ich im Schritt reiten darf. Trotzdem klopft mein Herz bis zum Hals, denn vor mir gurgeln und schäumen die Wasserfluten. Eben ist László probeweise in Reithose und T-Shirt hineingeklettert – und ratzfatz stand er bis zu den Hüften im Wasser.

Wenigstens war die Prinzessin im Film schlau genug, sich für ihre Flucht Männerkleider anzuziehen. Wenn gleich etwas schiefginge und ich in einem langen Kleid und mehreren Unterröcken ins Wasser fiele, würde sich der Stoff innerhalb von Sekunden voll Wasser saugen. Das wäre wirklich lebensgefährlich.

Ich weiß nicht, ob ich es mir nur einbilde. Aber den Blicken nach zu urteilen, die mir manche Leute von der Filmcrew zuwerfen, machen sie sich auch ein bisschen Sorgen. Sogar Arpad, Maja und Herr Erdelyi wirken angespannt.

Der Einzige, der cool bleibt, ist Xingaro. Eben erst hat Maja ihn ein Stück weit ins Wasser geführt und das tapfere Quarter Horse hat dabei nicht mal mit dem Ohr gezuckt.

Dann gibt mir jemand von der Filmcrew ein Zeichen. Gleich geht's los!

Ich schicke ein Stoßgebet zum Himmel und steige in den Sattel. „Bitte lass mich nicht im Stich!", flüstere ich Xingaro zu.

„*Action!*", erklingt es hinter mir und ich drücke ihm die Fersen in die Flanken.

Ohne zu zögern, marschiert er los, in den gurgelnden, rauschenden Fluss hinein. Sogar vom Sattel aus spüre ich, wie der kluge Kerl bei jedem Schritt vorsichtig tastend seinen Huf aufsetzt. Das Wasser wird immer tiefer, schäumt bis über die Fesseln … noch höher … dann erreicht es fast seinen Rumpf …

Trotzdem versuche ich, ruhig und locker im Sattel zu sitzen und nicht auf die brodelnden Fluten unter mir zu schauen.

Da!

Auf der anderen Seite springt Bailador mit einem riesigen Satz in den Fluss; im Galopp kommen die beiden durch das in alle Richtungen spritzende Wasser auf uns zu. Wenn sie nicht rechtzeitig bremsen können, reiten sie in mich hinein!

Ich erschrecke und bin für einen Moment wie gelähmt, dann fällt mir wieder ein: Oha, ich soll doch aufschreien und fliehen, ich muss Xingaro wenden! Hektisch zerre ich am Zügel; mein Pferd reagiert prompt und wendet so abrupt, dass es mit der Hinterhand ausrutscht – und wegknickt! Verzweifelt kämpft Xingaro darum, nicht völlig den Halt zu verlieren, und ich rutsche aus dem Sattel; das schäumende Wasser schlägt über mir zusammen, die Strömung packt mich und will mich mitreißen, aber ich kann mich an einen Felsen klammern und hinknien. Keuchend hebe ich den Kopf, schnappe nach Luft und sehe dicht neben mir die Hinterbeine meines Pferdes im Wasser rudern. Plötzlich fährt ein scharfer Schmerz durch meine Hüfte, weil mich einer von Xingaros Hufen trifft. Ich stöhne laut auf, aber ich halte mich weiter am Felsen fest. Dann kämpfe ich mich auf die Füße.

Neben mir steht Xingaro, zum Glück wieder auf allen vier Hufen; seine Augen sind vor Schreck weit aufgerissen. László und Bailador haben ihn fast erreicht, dann fasst ihn der Stuntman am Zügel und redet ihm beruhigend zu.

Vom Ufer her ertönen entsetzte Rufe; ich schaue hinüber und sehe, dass Arpad schon bis zu den Knien im Fluss steht. Offenbar will er mir helfen. Was ist, wenn er auch noch stürzt? Kann er denn überhaupt schwimmen? Als ich schnell den Arm hebe und ihm zuwinke, kann ich selbst auf die Entfernung sehen, dass er sich entspannt.

Mein Herz schlägt immer noch Alarm und meine Hüfte tut scheußlich weh. Zum Heulen ist mir auch, nicht nur, weil ich so erschrocken bin, sondern vor allem, weil Angelina Jones, László und die anderen jetzt wahrscheinlich tierisch enttäuscht von mir sind. Eigentlich ist das sogar das Schlimmste an der ganzen Sache.

Aber ich schlucke die Tränen herunter und ermahne mich: Ohren steifhalten, Zoe! Du hättest dich halt besser konzentrieren müssen. Egal, was die anderen gleich zu dir sagen, sie haben sicherlich recht. Denn im Film darf Arpad dich hundertmal retten. Aber wenn du wirklich ein Stuntgirl werden willst, musst du dir jetzt Angelina Jones' Kritik tapfer anhören.

„Alles klar?", fragt mich László über das Rauschen des Wassers hinweg.

Ich atme tief durch und bringe sogar ein kleines Lächeln zustande. „Kein Problem. Ich hoffe nur, dass Xingaro in Ordnung ist."

Warum sieht er mich denn so verdutzt an?

„Äh, ja… Ihm scheint nichts Ernsthaftes passiert zu sein", erklärt er zögernd.

„Dann lass uns zum Ufer gehen", schlage ich vor.

Meine linke Hand klammert sich in Xingaros Mähne fest, als ich mich neben László und Bailador durch das tiefe Wasser zurück zum Ufer kämpfe. Eine erschrockene Maja und ein bleicher Herr Erdelyi erwarten uns; um sie herum hat sich fast die ganze Filmcrew samt Regisseurin versammelt. Im Gehen schaue ich immer wieder besorgt zu Xingaro hinüber. Aber ihm ist offenbar wirklich nichts

Schlimmes passiert, denn er läuft zügig und ohne zu lahmen neben mir her.

„*Are you all right?*“, fragt mich Angelina Jones, als wir am Ufer angekommen sind. Oje, bestimmt wird sie mir gleich so richtig die Meinung geigen.

Ich lächle schief und nicke. „Sobald ihr Xingaro und mich trocken gekriegt habt, können wir weitermachen.“

Aus unerfindlichen Gründen vergisst Herr Erdelyi völlig, dass er übersetzen muss. Hinter ihm sagt die Regisseurin irgendwas, das ich nur halb verstehe. Dennoch rutscht mir das Herz in die Hose, denn immerhin habe ich mitgekriegt, dass sie die Dreharbeiten an dieser Szene hier und jetzt abbrechen will. Dann sagt sie noch was von Sonja. Ob sie die Szene irgendwann später mit ihr filmen will?

Es täte mir weniger weh, wenn sie mir einen Schlag in die Magengrube versetzt hätte.

„Nein, bitte nicht abbrechen!“, rufe ich aus. „Lassen Sie mich einfach weitermachen, bitte! Das Ganze hat sicher schlimmer ausgesehen, als es war. Aber ich weiß genau, was ich falsch gemacht habe. Noch mal passiert mir das nicht. Heiliges Ehrenwort! Außerdem hab ich mir überhaupt nicht wehgetan.“

Okay, der letzte Satz war gelogen. Aber was soll ich machen?

„Bist du dir auch ganz sicher?“, fragt Herr Erdelyi, statt zu übersetzen.

„Absolut“, erkläre ich.

Da dreht er sich endlich um und berichtet, was ich gesagt habe.

Beinahe ungläubig sieht die Regisseurin mich an. Ein paar Atemzüge vergehen, dann fragt sie: „*You do not feel any fear, do you?*“

Das braucht Herr Erdelyi nicht zu übersetzen. Ich weiß auch so, dass sie mich gefragt hat, ob ich denn gar keine Angst habe.

„Das spielt jetzt keine Rolle“, erkläre ich mit fester Stimme.

Als sie den Kopf senkt und dabei nachdenklich die Stirn runzelt, wage ich kaum zu atmen.

„*All right*“, beschließt sie nach einer gefühlten halben Stunde. „*We'll continue.*“

Wir machen also weiter! Ich bin so erleichtert, dass sich meine Knie plötzlich wie Pudding anfühlen.

Einige Zeit später sitze ich trocken, in einem neuen Kostüm und frisch geschminkt wieder auf Xingaros Rücken. In meiner Hüfte pocht immer noch der Schmerz und ich fürchte, sie wird ordentlich blau. Aber das ist mir egal. Viel wichtiger ist, dass die Dreharbeiten weitergehen. Jetzt werde ich die Szene zu Ende spielen, koste es, was es wolle!

„*Action!*“

Langsam reite ich in den Fluss hinein, mit einem halben Auge auf László, damit ich diesmal bloß den Zeitpunkt erwische, an dem ich mein Pferd wenden muss.

Bailador macht einen Riesensatz, das Wasser spritzt, im Galopp kommt er auf mich zu. Ich schreie und gebe dann Xingaro behutsam die Hilfen zum Wenden. Tatsächlich schafft er es, beim Umdrehen nicht wegzurutschen, ich drücke meine Fersen in seinen Bauch, er geht schneller …

Dann ist László bei mir und packt mich so rüde am rechten Arm, dass ich am liebsten gleich wieder schreien würde, weil der Ruck bis in meine angeschlagene Hüfte fährt …

„Cut!“

„Okay, das war’s schon. Gut gemacht, Zoe!“, lobt mich László strahlend.

Wir wiederholen die Szene noch zweimal, dann ist die Regie zufrieden. Erschöpft von der Anspannung und mit übel schmerzender Hüfte reite ich an Land, gleite aus dem Sattel, lehne mich an Xingaros Schulter und streichele dem tapferen Wallach über den Hals. Dann nehme ich ihn am Zügel, humpele los … und zucke zusammen, weil sich plötzlich eine Hand auf meine linke Schulter legt.

Ich bleibe stehen und sehe mich um. Hinter mir stehen László und Angelina Jones, die mich besorgt ansieht und etwas sagt.

„Du hast dir ja doch wehgetan“, übersetzt László.

„Na ja, schon. Als wir gestürzt sind, hat Xingaro mich aus Versehen getreten“, gestehe ich. „Aber es ist halb so schlimm. Wirklich.“

Als er übersetzt hat, schüttelt die Regisseurin den Kopf, dann zieht sich ein Lächeln über ihr Gesicht. *„I see we’ve chosen the right stuntgirl“*, sagt sie. Dann dreht sie sich um und geht zu ihrer Crew zurück.

Ich fühle mich, als hätte sie mir einen Orden verliehen. Ein paar Atemzüge lang sehe ich ihr nach, dann drehe ich mich zu Arpad um, der mit László höchstens zwei Schritte von mir entfernt steht.

„Wie das eben ausgesehen hat, als du mit Xingaro gestürzt

bist…“, sagt er und schüttelt sich. „Die meisten Leute wären danach erst mal nicht wieder aufs Pferd gestiegen.“

László nickt bestätigend.

Eben hab ich noch fest daran geglaubt, dass ich von allen Seiten Schimpfe kassieren würde. Und jetzt kriege ich so viel Lob. Mann, das tut vielleicht gut! Trotzdem widerspreche ich: „He! Ich will doch Stuntgirl werden. Da muss ich durch so was durch.“

Arpad nimmt mir Xingaros Zügel ab… Und dann legt er mir den linken Arm um die Schulter und drückt mich ein bisschen.

Ich bin so überrumpelt, dass ich auf dem Rückweg zum Kloster kaum ein Wort spreche.

Wenn diese Dreharbeiten doch ewig dauern würden!, denke ich ein bisschen wehmütig.

Aber leider ist das Gegenteil der Fall: Morgen Abend habe ich meinen letzten Einsatz, übermorgen spielt Arpad seine letzten Szenen und am Freitag geht es nach Hause.

Kapitel 12

Der letzte Drehtag

Es ist schon Nachmittag, ich sitze auf der Weide und sehe den Pferden zu. Neben mir liegen Arpad und Maja im Gras und schlafen ein bisschen.

Nachher werde ich endgültig meine letzten Szenen drehen. Ich bin richtig traurig deswegen, denn meine Einsätze waren zwar viel Arbeit und manchmal sogar wirklich hart, aber sie haben einen Riesenspaß gemacht. Trotzdem werden wir nun bald unsere Sachen packen und nach Hause fahren. Dann ist alles vorbei, unwiederbringlich und für immer …

Da meldet mein Smartphone eine neue Nachricht auf Facebook. Von Travis!

Glückwunsch! John hat mir von deinem mutigen Einsatz am Fluss geschrieben. Ich glaube, im Moment redet die ganze Crew davon. Kim ist auch begeistert. Du musst echt toll gewesen sein. Lass bei Gelegenheit mal von dir hören und erzähle uns genau, was passiert ist!

Er hat sich mit drei Lachgesichtern verabschiedet und noch ein Foto beigefügt, das ihn strahlend Arm in Arm mit seiner Freundin zeigt.

Meine Wehmut verfliegt; mit einem Lächeln auf den

Lippen stehe ich auf und wecke Arpad und Maja. In einer halben Stunde wollen wir uns mit ein paar Leuten von der Filmcrew treffen, um für den nächsten Stunt zu üben. Denn wenn am Abend die Sonne untergeht, steht eine weitere romantische Szene auf dem Programm, die gegen Ende des Films spielt: Als Prinzessin soll ich in einer nachgebauten, garantiert ungefährlichen Grube im „Treibsand" versinken. Arpad wird auf Favory zu mir galoppieren und mich in allerletzter Sekunde retten, auf sein Pferd hinaufziehen und mit mir in den Sonnenuntergang reiten. Selbstverständlich wird man uns mal wieder so filmen, dass uns niemand erkennen kann; im Zwielicht der sinkenden Sonne ist das wahrscheinlich auch kein Problem.

Neben mir richtet sich Arpad mit wirren Haaren auf und sieht mich mit kleinen Augen an. „Hallo", murmelt er.

„Na bravo", seufze ich. „Wenn du mir heute noch das Leben retten willst, musst du aber noch ein bisschen wacher werden."

Dunkelrot senkt sich die Sonne über den Horizont.

Gleich wird meine letzte, meine allerletzte Szene abgedreht. Ich stehe vor einer ungefähr zwei Meter tiefen Grube, die die Bühnenbildner am Ufer des Flüsschens gegraben haben. Darin ist eine absenkbare Plattform versteckt, auf die ich klettern werde. Dann wird durch ein verborgenes Rohr jede Menge feiner Sand in die Grube rieseln, so lange, bis ich bis zu den Hüften darinstehe. Anschließend wird sich die Plattform langsam absenken, während immer noch mehr Sand in die Grube rieselt. Schließlich werden nur noch mein Kopf, meine Schultern und meine erhobenen Arme aus dem Treibsand herausschauen.

Also ehrlich: Das Ganze wirkt auf mich ziemlich beängstigend. Erst recht, weil ich vor gut einer Stunde beobachtet habe, wie April Winterheart vor der Kamera achtmal in genau dieser unheimlichen Grube versunken ist. Dabei hat sie absolut glaubhaft die Verzweifelte gemimt.

Anne Davenport gibt mir ein Zeichen. Jetzt bin ich an der Reihe!

Also gut. Ich atme tief durch und steige auf die Plattform. Der Sand beginnt zu rieseln, bedeckt meine Füße, dann meine Knie ... Es ist ein sehr unangenehmes Gefühl, wirklich ein bisschen so, als würde man mich bei lebendigem Leibe begraben. Ich glaube, noch vor ein paar Wochen hätte mich diese Situation in Panik versetzt. Aber inzwischen hab ich so viel erlebt, dass ich einfach äußerlich ruhig bleiben kann und alles stoisch über mich ergehen lasse.

Schließlich stehe ich bis zu den Schultern im Sand, einzelne Körnchen sickern in meinen Halsausschnitt, verteilen sich kitzelnd über meine Brust, meinen Rücken, meinen Bauch ...

Ich fühle mich einfach schrecklich. Hoffentlich müssen wir diese Szene nicht zu oft wiederholen!

Ein paar Hundert Meter entfernt sitzt Arpad in Favorys Sattel. Er trägt wieder das schneidige Musketier-Kostüm mit dem Federhut und dem Degen an seiner Seite. Eigentlich sieht er viel besser aus als Travis, sogar im Kostüm. Im Vergleich zu ihm wirke ich in meinem schaurigen Sandloch wahrscheinlich wie ein gerupftes Huhn. Aber was soll ich machen?

Favory dagegen steht Arpad kein bisschen nach. Er ist ein wenig verschwitzt, weil sein Reiter ihn eben intensiv warmgeritten hat. Und er scheint auch schon zu wissen, dass es gleich ernst wird, denn er kaut unruhig auf seinem Gebiss, seine Ohren spielen aufmerksam hin und her und er scharrt ab und zu ungeduldig mit seinem Vorderhuf. Im Licht der untergehenden Sonne und aus meiner ungewöhnlichen Perspektive von schräg unten wirken die beiden, als wären sie gerade aus einem alten Gemälde galoppiert.

Egal wie ich mich fühle, es werden sicher ganz tolle Aufnahmen. Und nur darauf kommt es an, sage ich mir.

Noch einmal gibt mir Anne Davenport ein Zeichen. Dann erschallt das „*Action!*“.

Arpad galoppiert Favory aus dem Stand an und lässt den Hengst kurz vor meiner Grube eine eindrucksvolle Vollbremsung machen. Er greift meine flehentlich ausgestreckte rechte Hand und sofort beginnt die Plattform, langsam hochzufahren. Im Film wird das so aussehen, als würde Jean-Philippe d'Artagnan die Prinzessin mit einer nahezu übermenschlichen Anstrengung aus dem Treibsand ziehen. Dann packt Arpad mich um die Hüfte, hebt mich mit der unsichtbaren Unterstützung der Plattform auf Favorys Rücken und setzt mich vor sich in den Sattel.

Wieder tut meine Hüfte weh, aber das darf jetzt keine Rolle spielen.

„*Cut*“, ruft jemand hinter mir.

Die Aufnahme muss wiederholt werden, weil die Kamera

nicht optimal gestanden hat. Ich seufze leise, denn jetzt muss ich noch mal in dieser fürchterlichen Sandgrube ausharren.

Alles beginnt von vorn: Das *„Action!“* ertönt, Arpad galoppiert los und zieht mich zu sich aufs Pferd. Wie die Regisseurin es verlangt hat, lege ich meine Arme um seine Schultern … und Arpad zieht mich ganz nahe an sich heran und drückt seine Lippen auf meinen Mund.

Ohne nachzudenken, schlinge ich meine Arme um seinen Hals, spüre seine weichen Lippen und seine kräftigen Arme, mit denen er mich festhält, als wolle er mich nie wieder loslassen. Für einen unendlich langen, erschreckend kurzen Moment ist die Kamera, sind Angelina Jones und ihr Team ganze Welten von uns entfernt.

„Cut!“

Langsam, beinahe widerstrebend, lässt Arpad mich los. Ich sehe ihn an, fassungslos und verwirrt. Aber der Ausdruck in seinen dunklen Augen ist wie so oft vollkommen unergründlich.

Die Regisseurin sagt etwas; ihre Stimme schwankt zwischen Anspannung und Belustigung. László übersetzt: „Diese Szene braucht ihr nicht noch mal zu wiederholen. Ihr beide wart klasse, obwohl ihr gegen ihre ausdrückliche Regieanweisungen gehandelt habt. Ihr hättet vorher unbedingt mit ihr besprechen müssen, dass ihr das vorhabt.“

Ich bekomme einen roten Kopf und nicke. Was soll ich denn auch sagen?

Schweigend hilft mir Arpad, von Favorys Rücken zu gleiten. Dann steigt er selbst ab, führt sein Pferd weg und lässt mich einfach stehen. Fast scheint es mir, als sei ihm die

Sache vor der Filmcrew ein bisschen peinlich. Dabei hat uns Angelina Jones doch gerade nicht nur ausgeschimpft, sondern auch kräftig gelobt.

Ratlos sehe ich ihm nach. Was würde ich nur dafür geben, wenn ich jetzt seine Gedanken lesen könnte!

Es ist schon fast dunkel. Ich sitze auf der Pferdeweide, bei meinem lieben Filou. Der hat mit Sicherheit gemerkt, dass ich mir über etwas Gedanken mache, denn er bleibt die ganze Zeit über in meiner Nähe. Ich bin immer noch völlig verdutzt und total verwirrt über das, was vorhin passiert ist.

Arpad hat mich geküsst.

Was hat er sich nur dabei gedacht?

Wie im Traum bin ich in die Maske geschlichen und seitdem habe ich kaum ein Wort gesprochen. Schon gar nicht mit Arpad. Der ist sowieso wie vom Erdboden verschwunden.

Vielleicht war sein Kuss nur eine spontane Idee, um der Szene zusätzliche Dramatik zu verleihen. Das ist ihm auch voll gut gelungen. Aber dann hat er gesehen, wie durcheinander ich bin, und jetzt weiß er nicht, wie er reagieren soll.

Oder hat er sich tatsächlich in mich verliebt? Möglicherweise schämt er sich dafür, dass er für einen Moment seine Maske fallen gelassen hat. Darum hat er sich wieder in sein berüchtigtes Schneckenhaus zurückgezogen, das ich schon so gut kenne.

Egal, wie er es gemeint hat, langsam schwant mir, dass ich mich anscheinend doch in Arpad verliebt habe, ohne es wirklich zu merken, und viel stärker, als ich es für möglich gehalten hätte. Vielleicht ist es passiert, als er zum ersten

Mal mit László für den Reiterkampf geübt hat. Oder als er in seinem tollen Kostüm am Waldrand entlanggaloppiert ist. Oder als er, mutig wie ein echter Held, durch das Feuer geritten ist. Oder jedes Mal ein bisschen mehr. Aber ich wollte es nicht wahrhaben. Oh Mann, was mach ich denn jetzt? Ich kann doch nicht einfach zu ihm hingehen und zu ihm sagen: „He, Arpad, ich hab mich in dich verknallt. Wie steht's denn mit dir?"

„Zoe?"

Das ist Maja. Sie steht nur ein paar Schritte von mir entfernt und trotz des schummerigen Lichtes der Taschenlampe, die sie in der Hand hält, erkenne ich, dass sie mich besorgt ansieht.

„Ich hab dich überall gesucht. Was ist denn nur los mit dir?", fragt sie. „Bist du etwa immer noch fertig wegen Arpads Kuss?"

Ich zucke die Achseln. „Ich weiß einfach nicht, wie der gemeint war."

„Ich auch nicht", gibt sie mit leiser Stimme zu. „Und ich glaube, wir sollten ihn erst mal besser nicht danach fragen. Der gibt doch nur eine schnippische Antwort."

„Ja, klar …" Ich seufze leise. „Außerdem bin ich auch noch traurig. Jetzt ist meine letzte Szene abgedreht und bald fahren wir nach Hause. Dann ist alles vorbei."

Maja lächelt. „Na ja, ganz vorbei ist es noch nicht. Morgen ist doch noch Arpads Stunt. Komm lieber ins Bett." Sie hält mir ihre Hand hin und ich lasse mich von ihr hochziehen.

Während ich Filou noch einmal über den Hals streichele, fährt sie fort: „Schau mal: In wenigen Wochen ist der

Nachdreh-Termin, an dem noch ein paar zusätzliche Szenen gedreht werden. Und in ungefähr einem Jahr können dich Millionen von Kinobesuchern in der ganzen Welt im fertigen Film bewundern. Außerdem will Papa anfangen, dich zum Stuntgirl auszubilden. Und der nächste Film kommt bestimmt. Ich hab in der Nase, dass es bis dahin gar nicht so furchtbar lange dauern wird. Es ist also nichts vorbei. Gar nichts. In Wirklichkeit ist das hier doch erst der Anfang."

Sie legt mir den Arm um die Schulter und gemeinsam gehen wir zum Zelt.

Wie es weitergeht, erfährst Du im 3. Band von **Zoe. Das Glück hat vier Hufe. Ritt in die Freiheit**. Alle Infos dazu und noch mehr auf www.arena-pferdebuecher.de

Angela Waidmann

Zoe. Das Glück hat vier Hufe

Ritt in die Freiheit

Zwischen Zoe und Arpad fliegen die Funken. Was sollte dieser Kuss bedeuten? Als wäre das nicht aufregend genug, hat Zoes Herz auch noch mit einer anderen Sache zu kämpfen: Sie hat sich in Amorio verknallt. Doch das Pferd gehört nicht ihr, sondern ausgerechnet Emily! Als ihr Amorio mal wieder durchgeht, soll das Tier an einen skrupellosen Pferdehändler verkauft werden. Das muss Zoe verhindern!

216 Seiten • Gebunden
ISBN 978-3-401-60205-9
Beide Bände auch
als E-Books erhältlich

Gemeinsam über jedes Hindernis

Schlimme Vorfälle häufen sich auf Gut Buchental: ein Pferd wird vergiftet, ein anderes schwer verletzt. Zoe setzt alles daran, den Verbrecher zu schnappen. Gut, dass sie dabei von Arpad, mit dem sie jetzt fest zusammen ist, und von ihren Freundinnen Unterstützung bekommt. Ein Wettlauf gegen die Zeit beginnt, denn auch der große Auftritt auf dem Weihnachtsmarkt steht auf dem Spiel.

176 Seiten • Gebunden
ISBN 978-3-401-60279-0
www.arena-verlag.de

Arena